新潮文庫

林檎の樹

ゴールズワージー
法村里絵訳

林檎の樹

林檎《りんご》の樹《き》、守《も》りする乙女らの美しき歌声、黄金に輝く林檎の実

マーレイ訳《エウリピデスのヒッポリュトス》より

銀婚式を迎えたその日、アシャーストは妻のステラとともに、荒地《ムーア》のはずれを車で走っていた。ふたりが初めて遭ったトーキー（訳註　イングランド南西部デヴォン州の海岸保養地）まで出かけて夜を過ごし、記念日に花を添えようというのだ。そんなことを思いついたのは、いくぶん感傷的なところがあるステラだった。二十六年前、アシャーストは不思議にも、一瞬にして彼女の虜《とりこ》になった。あのころの目の青さや、花のような魅力や、ほっそりとした顔と姿にそなわっていた清らかで落ち着いた雰囲気や、林檎《りんご》の花を思わせる肌の色はとうに失われていたが、四十三歳になった今も、彼女は見目うるわしい献身的な伴侶《はんりょ》だった。今、その頬にはかすかにしみがあらわれ、灰青色に変わった目には満ちたりた表情が浮かんでいる。

そのあたりは左側が上り坂の公有地になっており、反対側にはところどころに常緑のマツがまじる落葉性のカラマツとブナの林が細長くのびていて、その林と、いちばん手前のいかにも荒地らしい大きな小高い丘のあいだは谷になっていた。そこで車をとめようと決めたのはステラだ。何事にも無頓着《むとんちゃく》なアシャーストに代わって、彼女が昼食をとる場所をさがしていたのだ。四月最後の日射《ひざ》しのなか、そこには黄《こ》金色《がねいろ》のハリエニシダと羽根のような緑のカラマツのあいだを縫うように、レモンに似た香りがただよっていたし、深い谷とその向こうに連なる小高い丘をのぞむ風景は、ロマンティックな景色を愛し、水彩スケッチを趣味とするステラの好みにぴたりと合ったようだ。決断力に富む彼女は、絵の具箱をつかんで車を降りた。

「ここにしましょうよ、フランク」

髭《ひげ》を生やしたシラー（訳註　一七五九～一八〇五。ドイツの詩人・劇作家・歴史家・批評家）といった風体の長身のアシャーストは、もみあげが白くなっていて、脚が長く、遠くを見つめるような灰色の大きな目は、時に感情にあふれて美しいほどに輝いて見える。少し曲がった鼻と、髭に囲まれたわずかに開いた唇。四十八歳になるアシャーストは無言のまま昼食の詰まったバスケットをつかむと、妻にしたがって車を降りた。

「まあ！　見て、フランク。お墓があるわ」

公有地のてっぺんから門を抜けて林の向こうへとつづいている小径《こみち》と、ふたりが立っている道路とが直角に交わっているあたりの道端に、西側に御影石《みかげいし》を配した長さ二メートル弱、幅三十センチほどの、草に覆《おお》われた小さな塚があって、リンボクをひと枝添えたブルーベルの花束が手向《たむ》けられていた。その光景は、アシャーストのうちに棲《す》む詩人の心を揺さぶった。自ら命を絶てば、十字路に葬《ほうむ》られることになる。迷信にとらわれた哀れな人間ども！　しかし、ここに眠っているのが誰であれ、無意味な碑文が刻まれた忌《い》まわしい墓石だらけの狭苦しい墓地に埋められずにすんだだけ幸せだ。ここにはさっぱりとした石がひとつあるだけで、広々とした空と美しい自然に包まれている。夫婦水入らずでいるときは哲学者めいた発言は控えるべきだと学んでいるアシャーストは、何も言わずに坂をのぼり、塀の下にバスケットを置くと、腹が空《す》いたらスケッチの手をとめてあがってくるであろう妻のために敷物をひろげ、ポケットからマーレイ訳の《ヒッポリュトス》を取りだした。そして、じきにキュプリスの復讐《ふくしゅう》の話を読みおえた彼は、空に目を向けた。真っ青な空に眩《まばゆ》く映える白い雲を眺めながら、アシャーストは銀婚式のこの日、何かを、自分でもわからない何かを、切望していた。人生に適合できぬ者――それが男という生き物だ。高潔さをもって実直に生きていようとも、常に心の奥に貪欲《どんよく》さを秘め、何かを渇望《かつぼう》し、焦《あせ》りを感じている。女も同じだろうか？　いや、誰にもわからない。しかし、これだけは言える。そこにないものを求め、新たな冒険や危険や悦《よろこ》びへの激しい欲求を満たした男たちは、飢餓の裏返しである食傷にまちがいなく苦しめられる。逃れる術《すべ》はない。適合できぬ動物――それが文明社会に生きる男なのだ。この世には美意識をそなえた男を満足させうる楽園などありえないし、美しいギリシア悲劇のなかで〝林檎の樹《き》、守《もり》する乙女らの美しき歌声、黄金に輝く林檎の実〟とうたわれている黄金の林檎の樹も存在しないし、そうした男がこの世の理想郷《エリュシオン》にたどりつくことも、永遠の楽園を見ることもけっしてない。芸術作品に描かれる美は永遠にそこにあり、見たり読んだりする者に常に尊い高揚感や安らかな陶酔感をもたらしてくれるが、それに匹敵するものは現実の世界にはないのだ。暮らしのなかでも、たしかに同等の美を目にする機会はあるし、思いがけず狂喜するような場面に遭遇する折もあるが、流れる雲が太陽を隠す刹那《せつな》ほどしか、それがつづかないというところが問題だ。芸術が美をとらえて不朽のものとするように、自分のそばに美をとどめておくことはできない。現実世界における美は、心に映る――あるいは遠く深い場所で垣間見る《かいまみ》——かすかな光やすばらしい風景のように、はかないものだ。顔に降りそそぐ暖かな日射しと、リンボクの樹の上でうたうカッコウの声と、あたりにただよう蜂蜜《はちみつ》を思わせるハリエニシダの香り。シダの小さな若葉と星のようにきらめくリンボクの花に囲まれて、幻想的にも見える谷や丘のはるか上を流れていく眩い雲を眺めている今この場所の、なんとすばらしいことだろう。しかし、それは岩陰からのぞく牧神《パン》の顔のように、一瞬のうちに目の前から消えてしまう。アシャーストは、とつぜん立ちあがった。この景色に見おぼえがある。公有地のこの場所を、細長い小径を、背後の古い塀を、たしかに知っている。車で走っていたときは、物思いにふけってぼうっとしていたせいか、まったく気づかなかった。しかし今は、はっきりとわかる！　二十六年前のちょうど今ごろ、アシャーストはこの場所から八百メートルほどのところにあった農場を出てトーキーに向かい、それきりここには戻らなかった。彼はとつぜん胸の痛みをおぼえた。過去のあの一場面が心によみがえってきたのだ。彼の手を逃れ、翼をはためかせてどこかに飛び去ってしまった美しい歓喜の日々と、またたく間に色を変えて終わりを迎えた、たとえようもなく甘やかなあのひととき。深く埋もれていたあのころの記憶が、今、鮮やかによみがええってきた。アシャーストはうつむき、両手に顎《あご》をのせると、茎の短い草にまじってヒメハギの青い小さな花が咲いている草地に目を向けた。

その記憶とは、こういうものだった。

一

大学生活最後の年を同じ学寮で過ごしたフランク・アシャーストとその友人のロバート・ガートンは、卒業後の五月最初の日、徒歩旅行の途上にあった。その日はチャグフォードまで歩くつもりでブレントを出発したのだが、サッカーで痛めたアシャーストの膝《ひざ》が途中で言うことを聞かなくなってしまった。地図を見たところ、目的地までまだ十キロ以上ある。ふたりは林に沿ってのびる道路と小径《こみち》とが交わるあたりの道端の斜面に腰をおろして脚を休めながら、青年らしく思いつくままに議論を始めた。どちらも百八十センチ以上の長身で、レールのように瘦《や》せている。アシャーストは色白の夢想家で常にぼうっとしている感があり、風変わりで皮肉っぽいところがあるガートンは、ごつごつした身体《からだ》つきと縮れ毛のせいで原始時代の野獣のようにも見えた。文学青年めいたふたりは、帽子も被《かぶ》っていない。アシャーストの波打つすべらかな髪は淡い金色で、こめかみのあたりが振り払ったかのように常にうしろ向きに跳ねている。一方、ガートンの黒っぽい髪は、どうしようもないほどもじゃもじゃだ。この数キロ、ふたりは人の姿を見ていなかった。

「ねえ、きみ」ガートンが言った。「人によく思われたいという気持ちがなければ、誰も他人に同情などしない。こいつは、五千年前からつづいている病気だよ。この病さえなければ、世の中はずっと幸せになる」

アシャーストは流れる雲を目で追いながら答えた。

「いずれにしても、同情は真珠貝のなかの真珠。美しいものだ」

「近年の不幸の原因はすべて同情にある。動物やアメリカの先住民を見てみろよ。やつらが感じるのは、時折訪れる自分の不幸だけ。ところがぼくらは、他人の歯痛の心配までせずにいられない。いいかげん他人の心配はやめて、楽しく過ごすべきだと思うね」

「それは無理だ」

ガートンは物思わしげに、もじゃもじゃ頭を掻《か》き乱した。

「気難しすぎては、成熟した人間になれない。心を飢えさせてはだめなんだ。どんな感情もためになる。人生を豊かにしてくれるよ」

「それが騎士道精神に反する場合は？」

「ああ！　なんて英国人らしい言い草だ！　感情について口にすると、英国人はたいてい性的な何かを求めていると勘ちがいしてショックを受ける。それに、きみたちは人に対して情熱を抱くことを恐れているんだ。ところが、秘めたる肉欲は恐れない。ああ、まったくね！　人に知られずにすめばそれでいいという考えだ」

　アシャーストは何も答えずに青い花を引き抜き、空にかざしてくるくるとまわした。リンボクの樹《き》の上でカッコウが鳴きはじめている。空と花と鳥の声……。ロバートの話はでたらめだ！　アシャーストは言った。

「さあ、泊めてもらえる農場をさがしにいこう」そう口にしながらあたりを見まわした彼の目に、すぐ上の公有地からおりてくる若い娘の姿が映った。空を背景にくっきりと輪郭が浮かんでいて、籠《かご》をさげているのか、曲げた肘《ひじ》の向こうに空が見えている。そこに美をみとめたアシャーストは、なんの下心もなしに思った。『なんてかわいらしいんだろう！』風に吹かれて、脚のまわりで厚手の黒い毛織りのスカートがはためき、孔雀色《くじゃくいろ》のくたびれたボンボンつきの大きな帽子《タモシャンター》が持ちあがりそうになっている。着古した灰色っぽいブラウスに、裂け目ができた靴。小さな手は荒れて赤くなり、首は日にさらされて焼けていた。広い額にかかっているくしゃっとうねった黒髪と、小さな顔。薄い上唇からは輝く歯がのぞき、黒い眉はまっすぐで、黒い睫毛《まつげ》は長く、鼻筋はすっとおっている。しかし何よりすばらしいのは、この日初めて開かれたかのように潤《うる》んでいる灰色の目だった。その視線は、まっすぐアシャーストに向いている。足を引きずり、髪が跳ねたまま帽子も被らず、大きな目で彼女を見つめているその姿に、おそらく驚いているのだ。アシャーストは被ってもいない帽子を脱ぐわけにもいかず、挨拶《あいさつ》のしるしに手をあげて言った。

「この近くに、今夜ぼくたちを泊めてくれそうな農場はありませんか？　痛めた脚が言うことを聞かなくなって困っているんです」

「この近くには、うちの農場きりありません」娘ははにかむ様子もなく、かわいらしい小さな声ではっきりと答えた。

「場所は？」

「このすぐ下です」

「泊めていただけるでしょうか？」

「ええ、大丈夫だと思います」

「でしたら、案内してください」

「はい」

口を閉じて足を引きずりながら歩くアシャーストに代わって、ガートンが矢継ぎ早の質問を始めた。

「きみはデヴォン州の生まれなの？」

「いいえ」

「どこの出身？」

「ウェールズです」

「やっぱり！　ケルト人のようだと思ったんだ。すると、ここはきみのうちの農場ではないんだね」

「ええ、おばの農場です」

「おじさんは？」

「亡《な》くなりました」

「それじゃ、誰が働いているの？」

「おばと三人の従兄弟《いとこ》が」

「おじさんはデヴォンの人だったんだね？」

「ええ」

「ここでの暮らしは長いの？」

「七年になります」

「ウェールズと比べて、ここはどう？」

「わかりません」

「ああ、ウェールズのことはおぼえていないんだね」

「とんでもない、ちゃんとおぼえています！　でも、向こうとここことはあまりにちがっていて」

「ああ、わかるよ」

アシャーストが唐突に口を挟んだ。

「きみの歳《とし》は？」

「十七です」

「名前は？」

「ミーガン・デイヴィッドです」

「彼はロバート・ガートン。そして、ぼくはフランク・アシャースト。ほんとうはチャグフォードまで行くつもりだったんだ」

「脚が痛そうで、お気の毒です」

アシャーストは笑みを浮かべた。彼の笑顔はなかなか美しかった。

奥行きのない林を抜けると、農場はすぐそこにあった。住まいは両開き窓がついた横長の背の低い石づくりの建物で、豚や鶏、それに年老いた雌馬が一頭、庭をうろついていた。裏手にはてっぺんにオウシュウアカマツが数本生えている草に覆《おお》われた小さな丘があり、正面には林檎《りんご》の樹が植えられた古い果樹園がひろがっている。ちょうど今、林檎の花が咲きだしたところで、そんな風景がはるか下の小川が流れる広々とした湿原までつづいていた。黒い目をした斜視の少年が豚の番をしていて、家の扉の脇《わき》に女がひとり立っている。その女が三人に気づいて近づいてくると、娘が言った。

「おばのナラコウム夫人です」

いい、い、い、いおばのナラコウム夫人というのは、真《ま》鴨《がも》の母親のような鋭い黒い目をした女で、首の動きもどことなく鴨に似ていた。

「道で姪御《めいご》さんに会いましてね」アシャーストは言った。「今夜こちらに泊めていただけるかもしれないと言ってくださったんです」

ナラコウム夫人は、アシャーストとガートンの足の先から頭のてっぺんまで視線を走らせた。

「ひと部屋でよろしければお泊めいたしますよ。ミーガン、部屋の支度をしなさい。それに、クリームをボウルに一杯取っておいで。お客様が、お茶を召しあがりたいでしょうからね」

家の前に二本のイチイと花をつけたアカスグリの繁《しげ》みからなる、ポーチのような張りだしがあった。そこを抜ける娘の孔雀色の大きな帽子が、イチイの葉の深い緑とアカスグリの花の薄紅に冴《さ》えざえと映えている。そして、その姿が屋内へと消えるとナラコウム夫人が言った。

「さあ、なかに入って客間で脚を休めてはいかがですか？　あなた方は、学生さんなのでしょう？」

「ついこの前まではそうでしたが、卒業しました」

ナラコウム夫人は、すまし顔でうなずいた。

布の掛かっていないテーブルと、艶《つや》やかな椅子《いす》と、馬毛が詰まった長椅子が置かれた煉瓦《れんが》敷きの客間は、一度も使われていないのではないかと思うほど清潔にたもたれていた。すぐに長椅子に腰掛けて痛む膝を両手で包んだアシャーストに、ナラコウム夫人の視線がそそがれている。アシャーストは化学者であった亡き教授のひとり息子なのだが、そんなことはまったく意識していない。しかし、人はそうした人間のなかにこそ、威厳をみとめるものなのだ。

「このあたりに水浴びができるような川はありませんか？」

「果樹園の先に小川がありますけれど、坐《すわ》っても肩まで浸《つ》かれませんよ」

「深さはどのくらいなんですか？」

「たぶん、四十センチか五十センチというところでしょうね」

「ああ、それだけあれば充分です。どっちのほうです？」

「小径をくだって右側にあるふたつめの門を抜けると、ひときわ大きな林檎の樹が目に入るでしょう。水浴び場は、そのすぐ脇です。お望みならば、手で鱒《ます》をつかまえられますよ」

「こっちが鱒につかまえられてしまいそうだな！」

ナラコウム夫人はほほえんだ。「お戻りになるまでに、お茶の支度をしておきましょう」

流れを岩で堰《せ》きとめて、小川に砂底の水浴び場ができていた。果樹園の麓《ふもと》の大きな林檎の樹は、張りだした大枝が水面《みなも》に覆いかぶさるほど近くにあって、今、その葉は青々と茂り、赤い蕾《つぼみ》がほころんでちょうど花の盛りを迎えている。

浅い水たまりに一度にふたり浸かる余裕はなく、アシャーストは自分の番を待っているあいだ、膝《ひざ》をさすりながら景色を眺めていた。手前は岩とリンボクの樹と野の花でいっぱいの湿原で、その向こうの少し地面が盛りあがっているところがブナの小さな林になっている。どの枝も風にそよぎ、春の鳥がいっせいにうたい、日射しが草の上にまだらに影を落としていた。アシャーストはギリシアの詩人、テオクリトスの牧歌を心に浮かべ、オックスフォードを流れるチャーウェル川や月に思いを馳《は》せ、潤んだ目の娘を想《おも》った。そう、彼は何も考えていないように見えて、様々なことを考えていた。そして、信じがたいほど幸福だった。

二

薄切りにしてクリームとジャムを添えたサフラン風味の焼きたてケーキに、卵まででついた遅めの贅沢《ぜいたく》なお茶のあいだ、ガートンはケルトの話ばかりしていた。ケルト復興運動の時代ということもあり、自分もケルト人であると信じている彼は、この家族にケルトの血が流れていると知ってかなり興奮していた。今もガートンは歪《ゆが》んだ唇の端に手巻き煙草《たばこ》をくわえて、馬毛入りの椅子《いす》に手足をのばしてくつろぎ、冷たく鋭い眼差《まなざ》しでアシャーストの目を見据えながら、品位あるウェールズ人を褒めちぎっていた。ウェールズからイングランドに移ってくるなんて、陶磁器を手放して土器の生活を始めるようなものだ！　フランク、野暮な英国人のきみは、あのウェールズ娘の申し分のない優雅さにも、感受性の豊かさにも、気づいていないのだろうね！　ガートンはまだ乾いていないもじゃもじゃの黒髪をそっと掻《か》き乱しながら、彼女がモーガン・アプ・なんとかという十二世紀のウェールズの吟遊詩人の作品を、いかにそのまま体現しているか説明した。

身を横たえて、深みのある色に変わったパイプをくゆらせているアシャーストの脚が、馬毛の長椅子の端からにょっきり突きだしている。彼はガートンの話を聞き流しながら、ケーキのお代わりを運んできたときの娘の顔を想《おも》っていた。まるで一輪の花、あるいは自然のなかの美しい何かを眺めているような気分だったが、間もなく彼女は目を伏せ、妙な具合にかすかに身を震わせると、音もたてずに部屋を出ていった。

「さあ、台所に行こう」ガートンが言った。「あの娘《こ》の姿をもっと眺めようじゃないか」

台所には漆喰が塗られていて、垂木から燻製《くんせい》のハムがぶらさがっていた。窓敷居に置かれた植木鉢と、釘《くぎ》に掛けられた何丁かの銃と、風変わりなマグと、陶器や白《しろ》鑞《め》の食器と、ヴィクトリア女王の肖像画。細長い白木のテーブルには夕食用のボウルとスプーンがならび、その真上の高い位置に玉葱《たまねぎ》が吊《つる》してあって、二匹の牧羊犬と三匹の猫がそこここに寝そべっている。奥まったところにある暖炉の片側に、何をするでもなくじっと坐《すわ》っている男の子ふたりと、その反対側に腰を落ち着けて、自分の髪や睫毛《まつげ》と同色の麻布で銃身を磨いている目の色の薄い赤ら顔の太った若者。そのあいだにはナラコウム夫人がいて、セイボリー（訳註　葉に独特の強い芳香と、ピリッとしたかすかな辛味を持つハーブ）の香りがするシチューの大鍋《おおなべ》をぼんやりかきまわしている。他にも、男の子たちによく似た愛嬌《あいきょう》のある顔つきの黒い髪をした斜視の若者がふたり、ゆったりと壁にもたれてしゃべっていて、もうひとり、窓辺に腰をおろしてぼろぼろの雑誌に読みふけっている、きれいに髭《ひげ》を剃《そ》ったコーデュロイのズボン姿の小柄な年配の男がいた。この部屋で立ち働いているのは、ミーガンというあの娘だけだった。彼女は今、大樽《おおだる》の林檎《りんご》酒《しゅ》を酒瓶に移してテーブルへと運んでいた。食事が始まるところらしいと察して、ガートンが言った。

「これは失礼！　お許しいただけるなら、食事が終わったころにまたお邪魔します」そして、答えも待たずにふたりは客間に引き返した。台所の色や香りや温《ぬく》もりにふれ、そこに集っている家族の顔を目にしたあとでは、整然とした客間がいっそう侘《わ》びしく感じられた。ふたりは鬱々《うつうつ》とした気分で、それぞれの椅子に腰をおろした。

「あの男の子たちは、まるでジプシーの見本だな。サクソン人らしき人間はたったひとり、銃の手入れをしていた男だけだ。心理学的観点からすると、あの娘は実に手ごわい研究対象と言えるね」

アシャーストは唇を歪めた。このときほどガートンが愚かに思えたことはなかった。何が手ごわい研究対象だ！　彼女は野の花だ。見る者の目を楽しませてくれる生き物だ。それを研究対象だと！

ガートンはつづけた。

「しかし、情緒的観点からするとすばらしい。あの娘は、まちがいなく目覚めたがっている」

「目覚めさせてやろうとでもいうつもりか？」

ガートンがアシャーストを見てにやりと笑った。その皮肉めいた笑みが『きみはなんと野暮な、なんと英国人らしい男なんだ！』と言っているようだった。

アシャーストはパイプをふかした。彼女を目覚めさせる!?　馬鹿《ばか》なやつめ、思いあがりもいいところだ！　アシャーストは窓を開けて、外に身を乗りだした。すでに夕闇《ゆうやみ》があたりを色濃く包んでいた。農場内の建物も水車小屋もすべて青くかすみ、林檎の果樹園は茫漠《ぼうばく》としたひろがりにしか見えず、台所からあがっている薪《たきぎ》の煙の匂《にお》いがただよっている。群れに遅れて巣へといそぎながら、暗さに驚いて鳴いているかのような一羽の鳥の気のぬけた声と、厩《うまや》で餌《えさ》を食べている馬が鼻を鳴らし足を踏みならす音。はるか向こうには荒地の暗闇がひろがり、それよりずっと先には、まだ輝きを抑えて慎《つつ》ましやかにまたたいている星が、紺青《こんじょう》の空を背景に白く見えている。フクロウの鳴き声もした。アシャーストは深々と息を吸いこんだ。こんな夜のなかを歩けたら、どんなにすばらしいだろう！　蹄鉄《ていてつ》を打っていない蹄《ひづめ》の音が小径《みち》のほうからひびいてきたかと思うと、三つの影がぼんやりとあらわれた。小馬の夜の散歩らしい。門の上に小馬の頭が黒い影となってのぞいている。彼がパイプを叩《たた》くと小さな火花が飛び、それを見た小馬たちは怯《おび》えて走り去っていった。コウモリが一羽、かろうじて聞きとれるくらいの声で、「チュッ、チュッ」と鳴きながら目の前を飛んでいく。片手を突きだしたアシャーストは、掌《てのひら》が夜露に濡《ぬ》れるのを感じた。そのとき不意に頭の上から男の子のくぐもった小さな声と、ブーツを脱ぎ捨てるようなかすかな音が聞こえてきた。男の子とは別の、きびきびしたやさしい声もする。まちがいない、あの娘が子供たちを寝かせようとしているのだ。「だめよ、リック。猫をベッドに入れるのはおやめなさい」そう言う声がはっきりと聞こえた。

そしてそのあとに、楽しげなくすくす笑いと、身体《からだ》をそっと叩く音と、アシャーストがかすかに身を震わせずにはいられないような、押し殺したかわいらしい笑い声がつづいた。蠟燭《ろうそく》を吹き消す音とともに、頭上の夕闇に浮かんでいた仄《ほの》かな明かりが消え、静寂が訪れた。アシャーストは長椅子に戻って腰をおろした。膝《ひざ》が痛んでいたし、気持ちも塞《ふさ》いでいる。

「台所へはひとりで行ってくれ」彼は言った。「ぼくは、もう寝るよ」

三

アシャーストの眠りは、常にすべらかな車輪に乗って音もたてず速やかに訪れる。しかしこの夜は、ガートンが部屋に入ってきたときも眠っているふりをしていただけで、はっきりと目覚めていた。そして、天井の低い部屋のもう一台のベッドにもぐりこんだガートンが、暗闇《くらやみ》を崇《あが》めるかのように天井に鼻を向けて寝入ったあとも、彼はフクロウの声を聞いていた。膝《ひざ》の痛みをのぞけば、ほぼ快適だった。この若者の場合、眠れぬ夜に先を思って不安に駆られることなどないのだ。実際、彼には不安の種がなかった。弁護士になったばかりで、物書きになるという大志もあり、洋々たる未来が開けている。それに、両親を亡《な》くしてはいても、自由に使える金が年間四百ポンドあった。いつどこで何をしようと問題はない。それに、ベッドが硬いこともありがたかった。そうでなかったら、熱に浮かされたようになっていたにちがいない。アシャーストは身を横たえたまま、頭のそばの開け放った窓から流れてくる夜の香りをかいでいた。徒歩旅行に出て三日も行動をともにしていれば相手にうんざりするのは自然なことで、今アシャーストは友人の存在に苛立《いらだ》っていたが、それをのぞけば、その眠れぬ夜に浮かんできた記憶や情景は、やさしく切なく心を躍らせるものばかりだった。ただひとつ、銃の手入れをしていた若者の顔が何より鮮明に浮かんできたのが、不思議でならなかった。実際に目にしたときには、彼のことなど気にもとめなかった。台所の入口にあらわれたアシャーストとガートンを、鈍そうな目に驚きの色を浮かべて一瞬見あげたあと、林檎《りんご》酒《しゅ》を運んでいる娘に視線を移したのをみとめたくらいだ。薄青色の目と、まばらな睫毛《まつげ》と、麻布色の髪。あの若者の赤ら顔が、娘のいかにも清純そうなさっぱりとした顔と同じくらい鮮明に記憶に残っている。やがて、カーテンのついていない窓の向こうの空が白みだし、眠そうなカラスがしゃがれ声で鳴いた。そのあとまたあたりは静まりかえり、間もなくクロウタドリが静寂を破って寝ぼけ声でうたいだした。そうして窓枠に縁取られた日射しを眺めながら、アシャーストは眠りに落ちていった。

翌日、アシャーストの膝《ひざ》がひどく腫《は》れあがり、徒歩旅行は打ち切りとなった。ガートンは次の日にはロンドンに着くよう、正午ごろ農場をあとにした。彼が残した皮肉な笑みはアシャーストを苛立たせたが、ゆったりと遠ざかっていく彼のうしろ姿が坂道の角を曲がって見えなくなった瞬間、そんな気持ちは消えた。そのあとアシャーストは、イチイのポーチの脇《わき》にある草地に出て、緑に塗られた木製の椅子《いす》に腰を落ち着け、一日じゅう過ごした。日射しはストックとカーネーションの香りがして、ポーチの繁《しげ》みからは花をつけたアカスグリの匂《にお》いが仄《ほの》かにただよってくる。アシャーストは幸せに浸りながら煙草《たばこ》をふかし、夢想にふけり、景色を眺めつづけた。

農場の春は誕生の季節だ。蕾《つぼみ》がほころび、殻が破れて、若い命が生まれでる。人間はかすかに胸を躍らせながらその過程を見守り、生まれたものに肥料や餌《えさ》を与えて世話をする。椅子に坐《すわ》っている若者がじっと動かないのを見て安心したのか、ガチョウの母親が、背が灰色をした黄色い雛《ひな》を六羽引き連れ、大威張りにも見える独特の歩き方でアシャーストの足下まで近づいてきた。雛たちに草の葉で小さな嘴《くちばし》を研がせようというのだ。ナラコウム夫人とミーガンが交替でやってきては何か入り用なものはないかと尋ね、そのたびに彼は「ありがとう、何もいりません。それにしても、ここはすばらしいですね」と答えた。お茶の時間になると、ふたりは黒っぽい湿布が入ったボウルを持っていっしょにあらわれ、腫れあがった部分をじっくり調べたあと、アシャーストの膝にその長い布を巻きつけた。ふたりが行ってしまうと、彼は娘の「まあ！」という小さな叫び声や、気遣わしげな眼差《まなざ》しや、眉間《みけん》に寄った小さな皺《しわ》を思った。そして、彼女について馬鹿《ばか》なことばかり言って立ち去っていった友人に対し、またとてつもない苛立ちをおぼえた。お茶を運んできた娘に、アシャーストは尋ねた。

「ミーガン、ぼくの友人をどう思う？」

笑っては失礼になると思っているのか、彼女は唇が歪《ゆが》まぬよう必死で堪《こら》えているようだった。「とてもおもしろい方。ずいぶんとわたしたちを笑わせてくださいました。きっと頭がいいのでしょうね」

「何を言って笑わせたの？」

「わたしのことを吟遊詩人たちの娘だなんておっしゃって。でも、吟遊詩人というのはどういう人なのかしら？」

「何百年も前にウェールズにいた詩人のことだ」

「わたしがその人たちの娘だなんて、どういう意味でしょう？」

「吟遊詩人の詩にうたわれている娘のようだと、言いたかったんだろうね」

彼女は眉間に皺を寄せた。「あの方は冗談がお好きなんですね。そうでしょう？」

「ぼくの言葉なら信じるかい？」

「ええ、もちろん」

「ああ、彼の言うとおりだと思うよ」彼女の顔に笑みが浮かんだ。

アシャーストは心のなかでつぶやいた。『きみは、なんてかわいいんだ！』

「それから、ジョーのことをサクソン人っぽいともおっしゃったわ。それは、どういうことかしら？」

「ジョー？　あの薄青色の目をした赤ら顔の青年？」

「ええ。おじの甥《おい》です」

「つまり、きみの従兄《いとこ》ではないんだね？」

「ええ、ちがいます」

「サクソン人というのは、千四百年ほど前にやってきてイングランドを支配した連中のことだ。ジョーはそのサクソン人の血を引いているように見えると、ガートンは考えていたようだ」

「あら、サクソン人のことは知っています。でも、ジョーがその血を引いているというのは、どうかしら?」

「ガートンのやつは、そういったことに夢中でね。しかし、たしかにジョーには初期のサクソン人を思わせるところがあるな」

「ええ」

その「ええ」という言葉に、アシャーストは心をくすぐられた。彼女はまったくわかっていないにもかかわらず、とても歯切れのいい優雅な口調で、礼儀正しくきっぱりと同意してくれたのだ。

「他の男の子たちのことは典型的なジプシーだとおっしゃいました。でも、それは言ってはいけなかったんです。おばは笑ってましたけど、もちろん喜んでなんかいないし、従兄弟《いとこ》たちは腹を立てていました。おじはここの農場主でした。そんな暮らしをしていた人間がジプシーであるはずがありません。人を傷つけるのはよくないわ」

アシャーストは彼女の手を取ってにぎりしめてやりたかったが、そうはせずにただ答えた。

「きみの言うとおりだ、ミーガン。ところで、ゆうべきみが男の子たちを寝かせている声が聞こえたよ」

彼女の頬がかすかに染まった。「どうぞ、お茶を召しあがってください。きっと、ずいぶん冷めてしまったわ。淹《い》れなおしてきましょうか？」

「自分の時間はあるのかい？」

「ええ、もちろん」

「ずっと見ていたが、きみは働きづめだ」

訝《いぶか》しげに眉《まゆ》をひそめた彼女の頬が、さらに赤くなった。

彼女が行ってしまうと、アシャーストは思った。『ぼくにからかわれているとでも思ったのだろうか？　からかうなんて、とんでもない！』彼は、かの詩人《シェークスピア》の言葉どおり〝美しさは花と同じ〟と考えがちな年頃で、女性には常に紳士的に振る舞っているつもりだった。周囲にまったく注意を払っていなかった彼は、厩舎《きゅうしゃ》の扉の外に人が立っていることに、すぐには気づかなかった。ガートンが〝サクソン人らしき人間〟と評した、あの若者だった。汚れた茶色いコーデュロイのズボンに、泥だらけのゲートル、青いシャツに、赤い腕と顔。麻色の髪が日射しを浴びて亜麻色に見えている。なんとも鮮やかな色合いだ。いかにも鈍感そうなその男の顔には、笑みのかけらも感じられない頑とした表情が浮かんでいる。しばらくしてアシャーストに見られていることに気づいた彼は、一歩ごとに大地を踏みしめるようにしてゆったりと庭を横切りだした。田舎の若者の常で、そんなふうに歩かなければ恥だと考えているにちがいない。やがて若者は壁沿いに家の角をまわり、勝手口のほうへと姿を消した。アシャーストは不快感をおぼえた。無骨者め！　ありったけの善意をかき集めても、ああいう手合いとは付き合えない。しかし、あの娘はどうだ！　裂け目のできた靴を履いて、荒れた手をしているが、それがなんだというのだ？　ガートンの言葉どおり、あの娘の身体《からだ》にはケルトの血が流れているのだろうか？　おそらく、かろうじて読み書きができるという程度の教育しか受けていないのだろうが、あの娘は生まれながらの貴婦人、まさに宝石だ！

ゆうべ台所にいた、きれいに髭《ひげ》を剃《そ》った年嵩《としかさ》の男が犬を連れて庭に入ってきた。搾乳《さくにゅう》のために牛を追ってきたらしい。アシャーストは、男が足を引きずっているのに気がついた。

「立派な牛ですね」

男の顔が輝いた。長年背負ってきた苦労の跡が、三白眼にあらわれている。

「あい、べっぴんぞろいでねえ。たんと乳を出してくれますわ」

「そうでしょうとも」

「じきに膝が治るとええですねえ」

「ありがとう。だいぶよくなってきました」

年嵩の男が自分の脚にふれて言った。「つらさは、よくよくわかりますわ。膝ってもんは厄介でねえ。わしもこの十年、難儀しておりますよ」

アシャーストが、遊んでいても困らない身分の人間特有の同情の声をあげるのを聞いて、年嵩の男がまたほほえんだ。

「だけども、文句を言っちゃあいけない。もう少しで、切り落とされちまうところだったですからねえ」

「ほぉ！」

「あい。それに、以前に比べりゃあすっかり治ってるも同然でねえ。なんともありませんや」

「ナラコウム夫人と娘さんが、膝によく効きそうな湿布をあててくれました」

「そりゃあ、あの娘《こ》が摘んだもんですわ。あの娘は花のことをよく知ってましてねえ。このあたりには、癒《い》やしの心得がある者がおりますんですよ。わしの母親も、そういう珍しい女でした。じきによくなるよう、祈っとりますよ。さぁ、牛ども、とっとと行っとくれ！」

アシャーストは笑みを浮かべた。『花のことをよく知っている』いや、あの娘は花そのものだ。

その夜、冷製の鴨肉《かもにく》とジャンケット（訳註　香りづけした牛乳をレンネットで固めたデザート）と林檎酒の夕食をすませたところに、娘があらわれた。

「メーデー・ケーキを召しあがりませんかって、おばが言ってますけど？」

「台所でいただけるなら、ご馳走《ちそう》になろうかな」

「まあ、どうぞいらしてください！　お友達が行ってしまって、おさみしいでしょう」

「いや、そんなことはない。しかし、ぼくがお邪魔して、みんなほんとうに気にしないだろうね？」

「気にするものですか。大喜びします」

腰をあげたものの、こわばった膝にその動きは急すぎたらしく、アシャーストはよろけて椅子に倒れこんでしまった。それを見た娘が、小さく息を呑《の》んで両手を差しのべた。アシャーストは荒れて日に焼けた小さな手を取ると、唇に押しあてたいという衝動を抑えて、引っぱりあげられるまま立ちあがった。そして、脇にまわった娘の肩を借り、歩きだした。その肩は、これまでにふれたどんなものよりも、ふれ心地がよかった。それでも、掛けておいたステッキを途中で取り、台所に着く前に彼女の肩から手を離すだけの分別は残っていた。

熟睡して翌朝目覚めると、膝の腫れはほとんど引いていた。午前中は、きのうと同じ草地の椅子に坐って詩を書いて過ごしたが、午後になると男の子ふたり——ニックとリック——を連れてあたりを散歩した。その日は土曜日で、ふたりとも学校から早く帰ってきたのだ。黒髪のすばしこい六歳と七歳の腕白坊主《ぼうず》は、恥ずかしがり屋であるにもかかわらず、子供の扱いがうまいアシャーストを相手にすぐに饒舌《じょうぜつ》になり、四時になるころには、ありとあらゆる殺生《せっしょう》を披露しつくしていた。ただし、鱒《ます》は別だ。今ふたりはズボンをまくりあげ、これも特技のひとつだとでも言いたげに、岸に腹ばいになって流れに身を乗りだしている。しかし、当然ながら鱒にはふれてもいない。ふたりがはしゃいで大声を出すものだから、獲物が逃げてしまうのだ。アシャーストはブナの林の縁にある岩に腰掛けて、ふたりの様子を眺めながらカッコウの声を聞いていた。やがて、ニックがやってきて彼の横に立った。歳《とし》は上でも、彼のほうがリックよりも飽きっぽいようだ。

「あすこの岩の上に、ジプシーのお化けが出るんだよ」

「ジプシーのお化け？　いったいそれはなんなんだ？」

「知るもんか、見たことねえもん。ミーガンから聞いたんだ。それに、ジムおじさんは、いっぺん見たことがあるんだってさ。父ちゃんがうちの小馬に頭を蹴《け》られる前の晩にも、出たって話だよ。お化けのやつ、フィドル（訳註　主にカントリーやケルトなどの民族音楽に用いられるヴァイオリン）を弾くんだってさ」

「なんの曲を？」

「知らねえよ」

「どんな姿をしているの？」

「黒いんだってさ。毛むくじゃらだったって、ジムおじさんが言ってたよ。絶対にお化けだ。夜しか出ないっていうんだからね」少年はやぶにらみの黒い目であたりを見まわした。「お化けのやつ、おれをさらったりしないかなあ？　ミーガンは、すごく怖がってるんだ」

「ミーガンもお化けを見たのかい？」

「いいや。けどさあ、ミーガンはあんたのことは怖がってないよ」

「そうだろうね。しかし、なぜきみはそう思うの？」

「ミーガンは、あんたのために祈ってるんだ」

「こら、腕白坊主。なぜ、それを知っている？」

「寝てるとき、ミーガンが『神様、どうぞわたしたち家族とアシャースト様をお護《まも》りください』ってちっちゃい声で言ってるのを聞いたからさ」

「ミーガンは、きみに聞かれてるとは思っていなかったはずだ。それを言いふらすとは、質《たち》の悪い坊主だ！」

少年は押し黙った。そして、しばらくすると挑むように言った。

「おれ、兎《うさぎ》の皮を剝《は》げるんだよ。ミーガンにはできねえ。おれは血を見るのが好きなんだ」

「へえ！　ほんとうに？　きみは小さな怪物だな！」

「怪物ってえのは、なんだ?」

「まわりの人間や動物を傷つけたがる生き物のことだ」

少年は顔をしかめた。「おれが皮を剝ぐのは死んでる兎だけだよ。食べる必要があるからさ」

「そのとおりだな、ニック。すまなかった」

「おれ、蛙《かえる》の皮も剝げるよ」

しかし、アシャーストの心はもうそこにはなかった。『神様、どうぞわたしたち家族とアシャースト様をお護りください』だって!? 急に話相手に黙りこまれて戸惑ったらしく、ニックは小川へと駆け戻っていった。そして、またすぐにそのあたりからはしゃぎ声が聞こえだした。

あとになって、部屋にお茶を運んできたミーガンに、アシャーストは尋ねた。

「ジプシーの幽霊というのはどういうものなの?」彼女は驚いて目をあげた。

「災厄をもたらす幽霊です」

「まさか、幽霊なんて信じていないよね?」

「このまま見ずにすむよう祈っています」

「見ないさ。そんなものはいないんだからね。ジムが見たのは、きっと小馬だ」

「いいえ！　あの岩群のどこかに潜んでいるんです。大昔にあそこで暮らしていた人たちの幽霊です」

「いずれにしても、それはジプシーではない。その人たちは、ジプシーがやってくるずっと前に死んでいる」

　彼女はきっぱりと言った。「幽霊はみんな悪者です」

「どうして？　幽霊が存在するとしても、野生動物のようなものだ。兎と同じだよ。野の花は悪者だなんて、誰も言わないだろう。リンボクにしても人が植えたわけではないが、誰もなんとも思わない。よし、夜になったら、その幽霊とやらに会いにいってみよう。そいつと話をしてみるよ」

「まあ、いけません！　やめてください！」

「だいじょうぶ。あそこまで行って、問題の岩に坐ってやろう」

　彼女が、きつく手を組み合わせた。「お願い、やめてください！」

「なぜ？　ぼくの身に何が起きようとかまわないだろう？」

　答えは返ってこなかった。アシャーストは、いくぶん拗《す》ねた様子でつけくわえた。

「しかし、おそらく幽霊には会えないだろうな。もうじきここを発《た》たなくてはならないからね」

「もうじき？」

「いつまでもいたら、きみのおばさんに迷惑がられてしまう」

「まあ、そんなことありません！　この部屋は、いつも夏のあいだじゅう貸しているんです」彼女の顔を見つめて、アシャーストは尋ねた。

「ぼくにいてほしいの？」

「ええ」

「今夜、きみのためにお祈りをするよ」

彼女は真っ赤になって顔をしかめ、部屋を出ていった。アシャーストは、お茶が出すぎて苦くなるまで、その場に坐って自分を責めつづけた。ブルーベルの繁みを厚底のブーツで踏みにじったようなものだ。なぜ、あんなひどいことを言ってしまったのだろう？　あの娘をまったく理解していないという点では、ぼくもロバート・ガートン同様、都会人ぶった馬鹿な青二才でしかないのだろうか？

四

アシャーストは翌週を脚慣らしに費やすことにして、田舎の風景のなか、無理のない距離を歩いて過ごした。こんな春が訪れるとは思ってもみなかった。景色を眺めながらも、彼はある種の陶酔感に浸っていた。陽光を浴びて真っ青な空に映えている、ブナの樹《き》の遅れて顔を出した淡いピンクの芽と、強い日射《ひざ》しの下で黄褐色に見えているオウシュウアカマツの幹や大枝。強風のせいで曲がった荒地のカラマツは、黒褐色の下枝《しずえ》の上や青々とした若葉のなかを風が吹き抜けるたびに、動きだしそうなほど生きいきと見える。アシャーストは土手に寝転んで、群生している野生のスミレを眺めたり、枯れたシダの繁《しげ》みに坐《すわ》ってデューベリーの透きとおるような薄紅の蕾《つぼみ》を弄《もてあそ》んだりもした。そうしているあいだにもカッコウが呼びかけ、ヨーロッパアオゲラが笑い、もっと高いところからヒバリの歌声が降ってくる。この春はアシャーストの外ではなく内にあり、それゆえこれまでのどの春ともまったくちがっていた。昼間に農場の家族の姿を見かけることは、ほとんどなかった。ミーガンは常に家のなかで忙しそうに働いているか、庭で若い者たちに囲まれているかで、食事を運んできてもゆっくり話す暇はないようだった。しかし、夜になるとアシャーストは、彼女が縫い物をしたり食事の後片づけをしたりしている台所に出向き、窓辺の椅子《いす》に腰掛けて煙草《たばこ》を吸いながら、脚の悪いジムやナラコウム夫人とおしゃべりをして過ごした。そんなとき、ミーガンの目が――あの潤《うる》んだ灰色の目が――やさしく自分にそそがれているのを感じて妙にうれしくなることがあった。猫なら ば喉《のど》を鳴らしていたにちがいない。

その翌週の日曜日の夕刻、アシャーストが果樹園の草の上に横たわってクロウタドリの声を聞きながら恋愛詩を書いていると、門が開く音がしてミーガンが樹々のなかに駆けこんできた。赤ら顔の愚鈍なジョーが、あとを追っている。ジョーの追跡は、アシャーストがいる場所から二十メートルと離れていないところで終わった。向き合って立っているふたりは、草の陰に人がいることに気づいていない。迫ろうとするジョーをミーガンが押しのけた。彼女の顔には怒りと動揺の色が、若者の顔には狂喜にも似た表情が浮かんでいた。あの赤ら顔の無骨な若者が、ここまで感情的になれるとは驚きだ！　アシャーストは目の前の光景にひどく感情をかきたてられて、跳ぶように立ちあがった。ふたりの目が彼に向いた。ミーガンは両手を脇《わき》におろして身を隠すかのように樹の幹のうしろに飛びこみ、若者は怒りの声をあげて駆けだし、土手の向こうへと姿を消した。アシャーストはゆっくりとミーガンに近づいていった。唇を噛《か》んでじっと立ちつくしている彼女は、ほんとうに可憐《かれん》に見えた。美しい黒髪が風に吹かれて顔のまわりで揺れていて、視線は足下に向いている。

「すまなかった」アシャーストは謝った。

ミーガンは丸くなった目をあげてアシャーストを見ると、すぐに息をついて彼に背を向けた。アシャーストは、歩きだした彼女のあとを追いかけた。

「ミーガン！」

しかし、彼女は足をとめなかった。アシャーストは腕をつかんで、やさしく彼女を振り向かせた。

「行かないで。さあ、ぼくに話してくれ」

「どうしてわたしに謝ったりなさるんですか？　あなたが謝るべき相手は、わたしではありません」

「だったら、ジョーに謝るよ」

「いったいなぜ、ジョーはわたしを追いかけたりするのかしら?」

「きみを愛しているからだと思うな」

ミーガンは、怒りにまかせて足を踏みならした。

アシャーストは声をあげて少し笑った。「ぼくがやつの頭を殴ってやろうか?」

感情的になったミーガンが、とつぜん叫んだ。

「わたしをお笑いになるのね。わたしたちのことをお笑いになるのね!」

アシャーストに両の手をつかまれながら、ミーガンはあとずさりを始めた。彼女の憤然とした小さな顔とほつれた黒髪が、ほんのりと薄紅を帯びた林檎《りんご》の花のなかへと吸いこまれていく。アシャーストは彼女の片方の手を自分の口元に運び、そこに口づけた。騎士道精神を絵に描いたようなやり方ではないか。小さな荒れた手にそっと唇をふれただけ! アシャーストは、粗野なジョーに対して優越感をおぼえていた。ぴたりとあとずさりをやめたミーガンの身体《からだ》が、彼のほうへと揺らいだかに見えた。甘やかな熱情の波が、アシャーストの全身を駆け抜けていく。このほっそりとした無垢《むく》で優雅で可憐な乙女は、ぼくに口づけられて悦《よろこ》んでいる! アシャーストは衝動に駆られて彼女を両腕に抱き、その身を引き寄せて額にキスをした。そして、彼は怯《おび》えた。真っ青になったミーガンが目を閉じている。青ざめた頬にかかっている長くて黒い睫毛《まつげ》と、だらりと脇におろした両腕。彼女の胸を身体に感じて、アシャーストのなかを戦慄《せんりつ》が駆け抜けた。「ミーガン！」彼はため息まじりにささやき、抱き寄せた手を離した。静寂を引き裂いて、クロウタドリの叫ぶような鳴き声がひびきわたった。ミーガンが彼の手をつかみ、自分の頬に、胸に、押しあてていく。そして、その手に熱く口づけると、ミーガンは逃げるように駆けだし、やがて林檎の樹の苔《こけ》だらけの幹の向こうへと姿を消した。

アシャーストは、よじれながら地を這《は》うようにのびている古樹の幹に腰掛け、さっきまで彼女の頭上で髪飾りのように揺れていた林檎の花を――淡い薄紅色の蕾に囲まれて星のように咲いている白い花を――ぼんやりと眺めつづけた。当惑していたし、心臓が早鐘を打っていた。いったい何をしてしまったのだろう？　彼女の魅力に負けて暴走するとは、どういうことだ？　いや、これは単に春のせいかもしれない。それでもアシャーストは、不思議なほど気分がよかった。彼は今、全身に震えが走るほどの幸福感と勝利の喜びに浸り、また漠然とした不安をおぼえてもいた。

これは何かの始まりだ。しかし、いったいなんの始まりなのだろう？　小虫《ミッジ》に嚙まれ、飛びまわるブヨが口に入りそうになっても、まわりの春のすべてが、さらに生気を得てより美しさを増したかのように感じられた。カッコウとクロウタドリの歌声に、ヨーロッパアオゲラの笑い声に、斜めに射しこむ陽光。そして、ミーガンの頭上で揺れていた林檎の花！　アシャーストは立ちあがって、果樹園をあとにした。この新たな感動にふさわしい、空を見わたせる開けた場所に出たかった。荒地を目指して歩きだした彼を先導するかのように、カササギがトネリコの生け垣から飛び立った。

五歳以上の男のなかに、一度も恋に落ちたことがないと言い切れる者がいるだろうか？　アシャーストも、ダンスのクラスのパートナーを好きになり、家庭教師に熱をあげ、学校が休みのあいだは女の子たちに夢中になった。おそらく恋をしていないときはなく、常にいくらかでも誰かに憧《あこが》れていた。しかし、この気持ちはそれとはちがって、淡い恋心ではありえない。こんな感情は、ただの一度も味わったことがなかった。そのとてつもない愉快さを知って、アシャーストは一人前の男になれたような気になっていた。あんなに可憐な野の花をこの手に取り、口づけることができたばかりか、その花が悦びに震えるのを唇に感じたのだ。なんという陶酔感、そして……なんという戸惑い！　どうしたらいいのだろう？　あとで彼女に会ったら、どう振る舞えばいいのだろう？　初めての抱擁は冷静さが残る、やや中途半端なものだったが、次はそうはいかない。ミーガンは、ぼくの手を自分の胸に強く押しあて、その手に熱く口づけたのだ。彼女に愛されているのはたしかだ。愛を得て卑俗になる人間もいるが、アシャーストのように奇跡が起きたと信じて平静を失い、夢中になり、興奮し、感傷的になって、ほとんど我を忘れてしまう者もいる。

今、アシャーストはごつごつした岩だらけの丘の頂にいて、ふたつの思いの狭間《はざま》で悩んでいた。心を満たしている新たな春の衝撃に身を委《ゆだ》ねてしまいたいという激しい欲求と、漠然とした――しかし、たしかに存在する――不安。自惚《うぬぼ》れて有頂天になる瞬間もあった。なんといっても、疑うことを知らない潤んだ目をした美しい娘の心を手に入れたのだ。しかし、すぐに不自然なほど真面目《まじめ》になって考える。『ああ、有頂天になるのも無理はない。しかし、自分が何をしているか、よく考えろ。どうなるか、わかりきっているじゃないか！』

気がつくと日が暮れていた。風が刻んだ、アッシリアの彫像のようにも見える岩群に、夜のとばりが降りている。そして、「これは、おまえのための新たな世界だ！」とささやく自然の声が聞こえてきた。それは、夏の朝の四時に起きて外に出た人間が、動物や鳥や樹々に見つめられて、すべてが生まれ変わったように感じる瞬間に似ていた。

アシャーストは何時間もそこにいつづけた。そして、ついに寒くなると岩やヒースの根に気をつけながら手探りで丘をくだって湿原を抜け、小径《こみち》に戻って果樹園の門の前に出た。マッチを擦って腕時計を見てみる。十二時近くになっていた！　この深閑とした真っ暗闇《くらやみ》。まだ明るくて鳥の声が聞こえていた六時間前とは、大ちがいだ！　不意にアシャーストは、自分の感傷的な恋物語が人の目にどう映るか気になりだした。ナラコウム夫人は、あの長い首をまわしてこちらを見た瞬間、すべてを悟るにちがいない。いかにも明敏そうな夫人の顔がこわばるのが、アシャーストの心の目に映った。ジプシーに似た従兄弟《いとこ》たちの疑いを含んだ不躾《ぶしつけ》な嘲《あざけ》りの表情と、ジョーの憮然《ぶぜん》とした怒りに満ちた顔。耐えられるのは、目に苦悩の色を浮かべた脚の悪いジムの視線だけだった。それに村のパブ。道ですれちがう噂《うわさ》好きの婦人たち。そして、友人たちもいる。十日ほど前にここを発《た》つときロバート・ガートンが浮かべた、すべてお見通しと言わんばかりのあの皮肉な笑み。まったく胸が悪くなる！一瞬アシャーストは、この冷笑に満ちた世俗的な世界を文字どおり憎んだ。好むと好まざるとにかかわらず、彼はその世界に属しているのだ。もたれていた門が灰色に見えてきたと思うと、穏やかな明かりが目の前を横切り、青い暗闇のなかにひろがりだした。月が顔を出したのだ。土手の向こうにその姿が見えている。赤くて、ほぼ真ん丸。なんて妙な月なんだ！　アシャーストは月に背を向け、夜気と牛の糞《ふん》と若葉の匂《にお》いをかぎながら小径をのぼりはじめた。敷《し》き藁《わら》をした囲い地に、牛たちの黒い影を切り裂くように鎌形《かまがた》の白い角が浮かびあがっている。まるで大量の薄い月が縦になって落ちてきたかのような光景だった。彼は農場の門の掛け金をそっとはずした。家のなかは真っ暗になっている。アシャーストは足音を忍ばせてポーチを進み、イチイの樹の陰に身を寄せてミーガンの部屋を見あげた。窓が開いている。彼女は眠っているのだろうか？　それとも、帰らないぼくを心配して、不安を胸にただベッドに横たわっているのだろうか？　そうして彼が窓を見あげているとフクロウが鳴き、その声が夜を満たすかのようにあたりにひびきわたった。果樹園の麓《ふもと》を流れる小川の絶え間ないせせらぎをのぞけば、もうなんの音も聞こえない。昼間はカッコウで、今はフクロウ。アシャーストの内の厄介な狂喜を、鳥たちがなんと見事に声にしてくれることか！　不意にミーガンが窓辺に姿をあらわし、外を見た。彼は木の陰から少し離れ、小さな声で呼びかけた。「ミーガン！」彼女はひとたび姿を消し、また窓辺に戻ってくると外に身を乗りだした。アシャーストは草地に移動した。そして、緑の椅子に向こう脛《ずね》をぶつけた彼は、その音に息を呑《の》んだ。しかし、ぼんやりと白く見えている彼女の顔が引っこむことはなかったし、下にのびている腕も揺らいではいない。アシャーストは窓の下に椅子を運び、音をたてないよう気をつけながらその上にあがった。思いきり腕をのばすと、なんとかとどいた。彼女の手には玄関の大きな鍵《かぎ》がにぎられている。冷たい鍵を持つ熱い手をしっかりとつかんだアシャーストの目に、ミーガンの顔がはっきりと映った。唇のあいだに食いしばった歯がのぞいていて、髪が垂れさがっている。まだ服を着たままだった。かわいそうに、ぼくのために起きていたにちがいない。『かわいいミーガン！』荒れた熱い指をアシャーストの指に絡《から》ませながら、彼女は妙な戸惑いの色を浮かべていた。その顔にとどきさえしたら……片手だけでも！　フクロウが鳴き、スイートブライアーの葉の林檎に似た香りが彼の鼻をとらえた。そして、農場の犬の一匹が吠《ほ》えだすと、ミーガンは彼の手を離してうしろにさがった。

「おやすみ、ミーガン」

「おやすみなさい、アシャースト様」そして、彼女は姿を消した。アシャーストはため息をつきながら地面におり、椅子に坐ってブーツを脱いだ。そっと家に入ってベッドに潜りこむ以外に、もうすることはない。それでも、彼は長いことそのまま動かなかった。露に濡《ぬ》れて足が冷たくなっても、困ったような笑みを浮かべたミーガンの顔や、冷たい鍵をわたされたときにしっかりと絡みついた彼女の熱い指の感触を想《おも》い、その記憶に酔いしれていた。

五

翌朝アシャーストは、前夜の夕食さえとっていなかったにもかかわらず、夜どおし食べつづけていたかのような気分で目を覚ました。それに、とても現実とは思えないきのうのロマンス！　それでも、輝くばかりのすばらしい朝だった。ついに、春が一気に花開いたのだ。男の子たちがキラキラ草と呼んでいるキンポウゲが一夜にして咲いてあたりを埋めつくし、アシャーストの部屋の窓から見える果樹園は、林檎《りんご》の花に覆《おお》われて薄紅と白のキルトのように変わっていた。階下へと降りていきながらも、彼はミーガンに会うことを半ば恐れていた。それなのに、彼女ではなくナラコウム夫人が朝食を運んでくると、苛立《いらだ》たしさと失望をおぼえた。夫人の鋭い目と長い首が、今朝は殊更《ことさら》よく動いているように思える。何か気づいているのだろうか？

「アシャーストさん、ゆうべはお月さんとお散歩なすってたようですね。お食事はどこかで？」

アシャーストは首を振った。

「夕食を片づけずにお待ちしていたんですよ。でも、お忙しくて、そんなことには頭がまわらなかったんでしょうね？」

ナラコウム夫人は西部地方の訛《なま》りがあるものの、ウェールズ人特有のきびきびした話し方をする。今アシャーストはその声を聞いて、からかわれているのではないかと不安になっていた。仮に夫人がすべてを知っているとしたら！　そう思った瞬間、彼は心のなかでつぶやいた。

『まずいぞ。そろそろ引きあげ時だ。いつまでもこんな馬鹿《ばか》な真似《まね》をしているつもりはないんだ』

しかし、朝食が終わるとたまらなくミーガンに会いたくなり、その気持ちが刻一刻とつのっていった。そして同時に、彼女が誰かに何か言われて、そのせいですべてが台無しになってしまったのではないかと不安にもなった。ちらりとも姿を見せないなんて、不自然じゃないか！　きのうの午後、林檎の樹《き》の下で書いていた、魅惑的な大傑作になるはずの恋愛詩が、急にくだらないものに思えてきた。アシャーストはそれを引き裂いて、パイプに火を点《つ》けるためのこよりにした。彼女に手をつかまれて、そこに口づけられるまで、愛の何を知っていたというのだ。今なら……すべてわかる。しかし、それを詩にして何がおもしろい！　本を取りに部屋へとあがったアシャーストは、ベッドをととのえているミーガンの姿をみとめて激しく胸を高鳴らせた。彼は部屋の入口に立って、彼女を見つめつづけた。そして、狂喜した。身をかがめたミーガンが、ゆうべ彼が頭を載せていた枕《まくら》の窪《くぼ》みにキスをしたのだ。熱い思いがこもったそのいじらしい振る舞いを見てしまったことを、彼女に知られるわけにはいかない。しかし、こっそり立ち去る音に気づかれるのは、もっとまずい。枕を持ちあげ、彼の頰の跡を消してしまうのを惜しがっているかのようにそれを抱きしめたミーガンが、枕を取り落として振り向いた。

「ミーガン！」

彼女は両手を頰にあてたが、目はまっすぐ彼に向いていた。その潤《うる》んだ目のなかに、これまで気づかなかった深みと清純さと感動的なまでの愛を見て、アシャーストは口ごもった。

「ゆうべは起きて待っていてくれて、ありがとう」

ミーガンは依然として無言のままだったが、彼は口ごもりながらつづけた。

「荒地を歩きまわっていてね。すばらしい夜だったよ。ええと……本を取りにきたんだ」

ミーガンが枕にキスをするのを見たせいで、一気に舞いあがり、すっかり酔ったようになっていた。アシャーストは彼女に近づき、その目にそっと唇をあてると、ひどく興奮しながら思った。『ついにやった！　とにかく……きのうはとつぜんだった。しかし、今は……ちがう。ああ、ついにやったんだ！』ミーガンの額に口づけた彼の唇が、しだいに下へと降りていく。そうしてふたりの唇が重なっても、彼女は抵抗しなかった。恋人同士の初めての本物のキス。ぎこちなく、驚くほどすばらしく、そして無邪気とさえ言えるような口づけだった。しかし、どちらが、より胸を高鳴らせていたのだろう？

「今夜、みんなが眠ったあと、あの大きな林檎の樹の下で会おう。ミーガン……来ると約束してくれ」

彼女がささやき声で答えた。「ええ、お約束します」

そして、ミーガンの青ざめた顔に怯《おび》え、すべてが怖くなったアシャーストは、彼女から離れて階下へと戻った。よし！　今度こそ、ほんとうにやった！　彼女の愛を受け入れ、ぼくの思いを告げたのだ！　本を取りに部屋にあがったはずなのに、外に出たアシャーストは手ぶらのままだった。彼は緑の椅子《いす》に腰掛け、勝利の喜びと後悔を胸に、ただぼんやりと前を見つめていた。そうしているあいだにも、農場の人々は、彼の目のとどくところでもとどかないところでも、働きつづけていた。いったいどのくらいのあいだ、妙な心境でぼうっとそこに坐《すわ》っていたのだろう？　気がつくと、すぐ右うしろにジョーが立っていた。野外で重労働をしていたにちがいない。足を交互に踏み換え、荒い息をつき、顔は夕日のように真っ赤になっている。まくりあげた青いシャツの袖《そで》からのぞいている彼の腕は、色といいキラキラと見える毛に覆われている様子といい、熟れた桃にそっくりだった。ジョーは赤い唇を開いたまま、麻色の睫毛《まつげ》に縁取られた薄青色の目でアシャーストを睨《にら》んでいた。

アシャーストは皮肉まじりに言った。

「やあ、ジョー。何か用かな？」

「ああ」

「さて、何の用だろう？」

「こっから出てけ。みんなおまえを煙たがってんだ」

元々謙虚に見えるほうではなかったが、このときのアシャーストの顔には、これまでにないほどの尊大な表情が浮かんでいた。

「きみに煙たがられているのはわかっている。しかし、他のみんながどう思っているかは、それぞれの口から聞きたいね」

若者が一、二歩、距離を詰めると、その怒りが臭《にお》いとなってアシャーストの鼻を襲った。

「なんだって、ここに居坐ってやがるんだ?」

「快適だからさ」

「おれが頭をぶん殴ってやったら、快適じゃなくなるだろうよ!」

「そうだろうな。それで、いつ実行するつもりだ?」

ジョーは息を荒らげるばかりで何も答えなかったが、目が怒り狂った若い雄牛のようになっていた。その彼の顔が、一瞬引きつったかに見えた。

「ミーガンは、おまえのことなんかなんとも思っちゃいない」

そう言って肩で息をしている目の前のずんぐりとした若者に対する嫉妬《しっと》と軽蔑《けいべつ》と

怒りが、どっとこみあげてきて、アシャーストは自制を失った。彼は跳ぶように立ちあがり、椅子をうしろに押しやった。

「地獄に落ちろ！」

そんなありふれた罵《ののし》りの言葉を吐いたアシャーストの目に、戸口にあらわれたミーガンの姿が映った。スパニエル犬らしき茶色い小さな子犬を腕に抱いている。彼女は足早にアシャーストに近づいてきた。

「見てください、この子の目の青いこと！」ミーガンが言った。

ジョーは背を向けて歩きだした。その襟首が、ほんとうに真っ赤になっている。アシャーストは、ウシガエルほどの小さな茶色い動物の口に指をあてた。彼女に抱かれて、こいつはなんて気持ちよさそうなんだ！

「この子は、もうきみのことが大好きみたいだ。ああ、ミーガン！　みんな、きみを好きにならずにはいられないんだ」

「ジョーが何か言ったのかしら？　どうか教えてください」

「ここから出ていけと言われたよ。みんながぼくを煙たがってるからってね」

ミーガンは足を踏みならし、それから彼を見あげた。その崇《あが》めるような眼差《まなざ》しに、アシャーストの心が震えた。明かりに魅せられた蛾《が》が、炎に近づきすぎて羽を焦《こ》がすのを見ているような気分だった。

「今夜だよ」彼は言った。「忘れないで！」

「忘れるものですか」ミーガンはそう答えると、子犬のむくむくとした茶色い身体《からだ》に頬をすり寄せながら家へと入っていった。

アシャーストは、ぶらぶらと小径《こみち》をくだりはじめた。そして、湿原に出る門のところで、牛を追ってきた脚の悪いジムに出会った。

「すばらしい天気ですね、ジム！」

「あい！　これだけ御天道《おてんと》さんが照ってくれれば、草がよくよく育ってくれますわ。今年は、トネリコの花がオークよりも遅かった。昔から『オークの花がトネリコより先に咲く年は豊作』と決まっとりましてねえ」

アシャーストは何の気なしに尋ねてみた。「ジム、幽霊を見たと聞いたけど、どこで見たんですか？」

「あの大きな林檎の樹の下に立っておったときだったと、記憶しとりますがねえ」

「幽霊を見たと、ほんとうに思っているんですか？」

ジムは考えながら答えた。「ほんとうにそこに幽霊がいたのかと尋ねられたら、なんとも言えませんや。ただ、わしにはいたように思えましたですよ」

「だったら、それをどう考えているんですか？」

ジムは声をひそめた。

「亡《な》くなったナラコウムの旦那《だんな》は、ジプシーの血を引いとりなさったって噂《うわさ》でねえ。いやあ、ここだけの話にしてくださらんといけませんよ。知ってのとおり、あの連中は身内をだいじにしますでねえ。旦那が旅立たれることを知って、道連れをよこしたんじゃあないですかねえ。わしは、そんなふうに考えてますわ」

「その幽霊は、どんなふうだったんですか？」

「どんなふうだったかっていうと、顔じゅう毛だらけでねえ。フィドルを持っとったですよ。幽霊なんぞいないと言う者もおりましょうが、闇夜《やみよ》にこの犬が毛を逆立てるのを何度も見とります。わしにはさっぱり何も見えとらんのにねえ」

「月は出ていたんですか？」

「あい、満月に近い月がねえ。だけども、まだのぼりはじめたばかりで、樹々のうしろっかたで黄金色《こがねいろ》に輝いとりました」

「幽霊が出ると悪いことが起こるとか？」

ジムは帽子を押しあげた。アシャーストに向けられている彼の熱のこもった眼差しが、さらに真剣なものに変わった。

「わしなんかの言うことじゃあないが、あれは安らかな眠りに就けん者たちにちげえねえです。この世には、わしらには理解しがたい妙なことがあるもんでねえ。そうしたもんを見る人間もいりゃあ、さっぱり見ない者《もん》もいますわ。ほおら、うちのジョーなんぞは、目の前に突きだしてやったところで何も見やあしない。あの腕白坊主《ぼうず》どもも同じですわ。ところが、そういう場所にミーガンを連れてってごらんなさいな。あの娘《こ》はきっとそれを——いやあ、わしの考えちがいでなけりゃ、それ以上のもんを——見るにちがいありませんわ」

「感受性が豊かだからね」

「はて、それはどういう意味ですかねえ？」

「なんでも敏感に感じ取る心を持っているという意味ですよ」

「あぁ！　情のある娘ですからねえ」

アシャーストは頰が赤くなるのを感じ、煙草《たばこ》入れを差しだした。

「ジム、一服どうですか?」

「こりゃあ、どうもごちそうさんです、旦那。とにかく、あんな娘は滅多にいるもんじゃあありませんよ」

「たぶんね」アシャーストは素っ気なくそう言うと、煙草入れをしまって歩きだした。

情のある娘……そのとおりだ! それにしても、ぼくはいったい何をしているんだ? その情のある娘を、どうするつもりなんだ? アシャーストはそんな思いに悩まされながら、キンポウゲの花で埋めつくされた輝くばかりの湿原を歩きつづけた。小さな赤い牛たちが草を食《は》んでいて、ツバメが空高く飛んでいる。たしかにトネリコよりも先にオークの金茶色の花が開いていたが、その咲き具合や色合いは樹によって様々だった。カッコウを始めとする多くの鳥の歌声と、眩《まばゆ》いほどにきらめいて見える小川。古《いにしえ》の人々は黄金時代を信じ、黄金の林檎の樹があるというヘスペリデスの園を信じていたのだ!……女王蜂《じょおうばち》がアシャーストの袖にとまった。女王蜂を一匹殺せば、花のあとに実る林檎を盗み食う二千匹の働き蜂を退治できる。しかしこんな日に、しかも愛を胸に秘めている人間が、どうしたら殺生《せっしょう》などできるだろう？　アシャーストは草を食んでいる若い牛のそばをとおりすぎた。ジョーに似た牛だった。その若い牛は、アシャーストに気づいてもいない。おそらく、鳥の歌声や、短い脚の下にひろがる黄金色に変わった湿原の魅力に酔っているのだ。アシャーストは遮られることなく、小川を見おろす丘の斜面を目指した。そして、岩だらけの頂につづく、ごつごつした坂をのぼっていった。霞《かすみ》のように地面を覆うブルーベルと、今を盛りと咲き誇る二十本近い姫林檎。アシャーストは、草の上に勢いよく身を横たえた。眩いばかりのキンポウゲと金茶色の花をつけたオークに覆われた湿原を歩いたあとで、この灰色の岩の下にひろがるやさしい美しさのなかに身を置いた彼は、不思議な感覚にとらわれていた。小川のせせらぎとカッコウの歌声をのぞけば、まるで別世界だ。アシャーストはその場に横たわったまま、姫林檎の樹がブルーベルに影を落とすまで、日射《ひざ》しが傾いていくのを見つめていた。彼の他には、飛んでいる野生の蜜蜂《みつばち》が何匹かいるだけ。今朝の口づけを思い返し、今夜の林檎の樹の下での逢瀬《おうせ》を夢見て、アシャーストは半ば正気を失っていた。こんな場所には、ファウヌス（訳註　山羊の角と脚を持つ半人半獣の森や牧畜の神）とドリュアス（訳註　樹々の精であるニンフ）が棲《す》んでいるにちがいない。耳の尖《とが》った茶色いファウヌスが枯れたシダのなかに横たわり、姫林檎の花に紛れて樹々の陰に身を潜めているニンフが、その真っ白な姿をあらわすときを待っているのだ。アシャーストが物思いから覚めたときも、まだカッコウが鳴いていた。小川のせせらぎも変わらない。しかし、日は頂の岩のうしろに隠れ、すっかり寒くなった丘の斜面に兎《うさぎ》が数羽、姿を見せていた。『今夜だ!』彼は思った。すべてのものが見えざる手によって大地からやさしく押しあげられ、その力によって開かれていくように、彼の心や感覚も不思議な力に押されて花開いたのだ。アシャーストは身を起こし、姫林檎の枝を手折《たお》った。貝殻を思わせる薄紅色の蕾《つぼみ》は、野性味があって清らかで、まるでミーガンのようだった。そして開いた白い花もまた、素朴さといい、感動的なまでの美しさといい、彼女を思わせた。アシャーストは、その枝を上着のポケットに入れた。そして、胸のなかの春めいた湧《わ》きたつ思いのすべてを、勝利のため息に変えてそっと吐きだした。しかし、そんな気配にも、兎たちは驚いて逃げ去っていった。

六

その夜、間もなく十一時になろうというころ、アシャーストは読むこともなく三十分ほどただ手に持っていたポケット版の《オデュッセイア》を置き、庭を抜けて果樹園へと向かった。力強い精霊が輝きを放ちながら地上をのぞいているかのように、のぼったばかりの金色の月が、半分ほど葉をつけたトネリコの大枝ごしに丘を照らしていた。しかし、林檎《りんご》の樹々《きぎ》の下はまだ暗く、立ちどまってざらざらの草を脚に感じながら、方角をたしかめなければならなかった。すぐうしろで黒いかたまりが、低くブーブーうなりながら動いたかと思うと、三頭の大きな豚が身を寄せ合い、元どおり塀の下にうずくまった。彼は耳をすました。風は吹いていないが、小川のせせらぎは昼間の倍も大きく聞こえている。名前のわからない一羽の鳥の「ピッ、ピッ」「ピッ、ピッ」というまったく抑揚のないさえずりと、はるか遠くの空を旋回しているヨタカの鳴き声と、フクロウの声。アシャーストは一、二歩、足を進め、生気に満ちた白い霞《かすみ》のようなものに頭をぐるりと囲まれていることに気づいて、また歩みをとめた。黒い樹々の揺らぎもしない枝をふわりと包むように咲いている無数の花と蕾《つぼみ》が、月光の魔法にかかって息づいているのだ。彼は仲間を見つけたように感じて、きわめて妙な気分に陥った。まるで、かぞえきれないほどの白い蛾《が》か精霊がどこからともなく浮かびあがってきて、暗い空とそれよりもっと暗い大地のあいだに落ち着き、目の前で羽ばたいているかのようだった。動きも匂《にお》いもない、人を惑わせるほどの美しいこの瞬間、アシャーストは果樹園にやってきた理由さえ忘れかけていた。しかし、昼間に大地を覆《おお》っていた心を湧《わ》きたたせるような魅力が、消え去ったわけではない。夜になって、ただ形を変えたのだ。彼は白い粉を盛大に振りまいたかのように見える小枝や大枝のあいだをぬって、大きな林檎の樹の下にたどりついた。どんなに暗くても、まちがえようがない。高さも太さも他の樹の倍はあるし、湿原や小川があるほうに枝が大きく張りだしている。アシャーストは重なり合うようにのびている枝の下にたたずみ、また耳をすました。さっきとまったく同じ音にくわえて、眠そうな豚のうなり声がかすかに聞こえてくる。樹の幹に両手をあててみると乾いていて温かくさえ感じられ、彼がふれたせいか、ざらついた苔《こけ》だらけの表面から泥炭《でいたん》を思わせる匂いがただよってきた。ミーガンは来るだろうか？　ほんとうに来てくれるだろうか？　まわりでは、月の魔法にかけられた樹々が枝を震わせている。精霊の存在を感じさせるそんな樹々に囲まれて立っているうちに、アシャーストはすべてに確信が持てなくなってきた！　これは、この世の風景ではありえない。ここは現《うつつ》に生きる恋人たちにはそぐわない。この場にふさわしいのは、神と女神、ファウヌスとニンフだけ。アシャーストと田舎育ちの小娘が、こんな場所で忍び会ってはいけないのだ。彼女があらわれなかったら、むしろほっとするのではないだろうか？　そう思いながらも、絶えず耳をそばだてていた。名もわからぬ鳥が「ピッ、ピッ」「ピッ、ピッ」と鳴きつづける声と、鱒《ます》が棲《す》むという小川のせわしくも感じられる水音。はるか上から、牢獄《ろうごく》の鉄格子《てつごうし》にも似た樹々の枝ごしに、月がのぞいている。アシャーストの目の高さで咲いている林檎の花は、時が移るごとにさらに瑞々《みずみず》しさを増していくようで、白く美しい花々が神秘的に輝けば輝くほど、彼の不安もつのっていった。アシャーストは白いかたまりをむしり取って、顔に近づけた。花が三輪、手のなかにあった。果樹の花を――咲いたばかりのやわらかで神聖な花を――むしりとって捨てるというのは、冒瀆《ぼうとく》行為に他ならない！　そのとき、不意に門が閉まる音が聞こえ、豚がまた動いてうなり声をあげた。アシャーストは樹に寄りかかり、うしろにまわした両手を苔だらけの幹の側面に押しあてると、息を潜めて待った。こんなに音をたてずに樹々のあいだを歩けるミーガンは、樹に宿る精霊なのかもしれない！　気がつくと、すぐ近くに彼女がいた。その黒い影は小さな樹の影と重なり、白い顔は花にすっかり紛れている。ミーガンはそこからじっと動かずに彼を見つめていた。アシャーストは、ささやき声で呼びかけた。

「ミーガン！」そして、手を差しのべた。ミーガンが、まっすぐ彼の胸に飛びこんできた。彼女の鼓動を身体《からだ》に感じて、騎士道精神にのっとって紳士らしく振る舞いたいという強い気持ちと激しい情熱が、アシャーストの心にあふれだした。ミーガンは彼の世界の人間ではないし、あまりに純粋で、若く、向こう見ずで、盲目的に彼を崇拝し、無防備になっている。それを考えれば、この暗闇《くらやみ》で紳士らしくありつづける以外、何ができるというのだ！　しかし、息づいている花のように春の夜に溶けこんでいる彼女は、かぎりなく無邪気で美しい。そんな彼女が差しだすすべてを受けとめずにいることなど、ふたりそれぞれの春の思いを満たさずにおくことをなど、どうしたらできるだろう！　アシャーストはふたつの思いに引き裂かれながら、彼女をきつく抱きしめ、髪に口づけた。そうして無言のままどのくらいたたずんでいたのか、彼には見当もつかなかった。小川のせせらぎと、フクロウの声。空をすべるようにのぼりつづける月はさらに白く冴《さ》え、ふたりのまわりや頭上の花たちは、命を持つがゆえのはかなさを湛《たた》えてこれまで以上に美しく輝いている。唇を求め合うふたりは、何もしゃべらなかった。言葉を口にすれば、その瞬間、すべては現実でなくなってしまう。春は何も語らない。さざめき、ささやくだけだ。それでも春は、咲く花や新緑のなかに、小川の流れのなかに、そして甘やかな絶え間ない探求のなかに、言葉よりはるかに雄弁な何かを宿しているではないか！　時に春は謎《なぞ》めいた精霊のように恋人たちの前にあらわれ、ふたりを腕に抱きしめる。その魔法の指にふれられた恋人たちは、他のすべてを忘れて夢中で唇を重ね合うことになるのだ。彼女の鼓動を胸に、彼女の震える唇を口元に感じているあいだ、アシャーストはただ有頂天になっていた。運命が彼女をこの腕に抱かせたのだ。ならば、この情欲に逆らうことはできない！　しかし、息をつくために唇を離したとたん、また葛《かっ》藤《とう》が始まった。ただ、今は思いを満たしたいという気持ちが、ずっと強くなっている。アシャーストはため息をついた。

「ああ、ミーガン！　なぜ来てしまったんだ？」

彼を見あげたミーガンの顔には、傷ついたような驚きの表情が浮かんでいた。

「まあ、アシャースト様。あなたが来るようにとおっしゃったんじゃありませんか」

「いい子だから、アシャースト様なんて呼ばないでくれ」

「だったら、なんとお呼びすればいいんです？」

「フランク」

「無理です。絶対にいけません！」

「しかし、ぼくを愛しているんだろう？　ちがうの？」

「愛さずにはいられません。おそばにいたい。ただ、それだけです」

「それだけ？」

かろうじて耳にとどくくらいの声で、彼女がささやいた。

「おそばにいられないなら、きっと死んでしまうでしょう」

アシャーストは大きく息を吸った。

「だったら、ぼくのところに来てずっとそばにいればいい」

「まあ！」

その「まあ！」という言葉にこめられた畏《おそ》れと狂喜に酔わされて、アシャーストはさらにささやいた。

「いっしょにロンドンに行こう。広い世界を見せてあげるよ。きみの面倒はぼくがみる。約束するよ、ミーガン。きみを泣かせるような真似《まね》は、けっしてしない！」

「おそばにいられれば……それでいいんです」

アシャーストは彼女の髪を撫《な》で、またささやいた。

「あした、トーキーに行って金をおろしてくる。きみのために、人目を引かないような服を買ってくるつもりだ。それで、いっしょにこっそりここから出ていこう。そして、ロンドンに着いたらすぐに結婚しよう。それほどぼくを愛してくれているならね」

首を振った彼女の髪が震えた。

「まあ、とんでもない！　結婚なんてできません。おそばにいられるだけで充分です！」

紳士らしく振る舞いつづける自分に酔って、アシャーストはさらにささやいた。

「きみは、ぼくにはもったいないくらいだ。ああ、ミーガン！　いつからぼくを愛するようになったの？」

「小径《こみち》でお目に掛かって、あなたに見つめられたときからです。初めて遭ったあのとき、あなたを愛してしまいました。でも、あなたがわたしを愛してくださるなんて、思ってもみませんでした」

とつぜんミーガンが跪《ひざまず》き、彼の足に口づけようとした。

アシャーストの全身に戦慄《せんりつ》が走った。彼はミーガンを抱えあげ、しっかりと抱きしめた。動揺しすぎて言葉も出なかった。

ミーガンがささやいた。「なぜとめるんです？」

「ぼくがきみの足に口づけたいくらいだ！」

ミーガンがほほえむのを見て、アシャーストは涙がこみあげてくるのを感じた。月に照らされている、すぐ目の前にある彼女の顔の白さと、わずかに開いた唇の淡く仄《ほの》かな紅色。その色は林檎の花に似て瑞々しく、この世のものとは思えないほど美しかった。

不意にミーガンが大きく目を見開いた。つらそうな表情を浮かべて、彼の背後を見つめている。そのあと、身をよじるようにして彼の腕から逃れた彼女が、小さな声で叫んだ。

「見て！」

振り向いたアシャーストの目に映ったのは、きらめく小川の流れと、かすかに金色を帯びたハリエニシダと、白く輝くブナの樹々だけで、その背景には月に照らされた丘がぼんやりとかすんでいた。背後から彼女の怯《おび》えた声が聞こえてきた。「ジプシーの幽霊だわ！」

「どこに？」

「あそこ……あそこの岩の横です……ほら、あの樹の下！」

アシャーストは苛立《いらだ》ちをおぼえながら小川を飛びこえ、ブナの林にずんずん近づいていった。月明かりの悪戯《いたずら》にきまっている！　幽霊などいるものか！　文句をならべ悪態をつきながらも、ある種の恐怖をおぼえていた彼は、巨大な岩やリンボクのあいだを躓《つまず》きながら猛然と走りつづけた。馬鹿《ばか》ばかしい！　くだらないにもほどがある！　アシャーストは林檎の樹の下に引き返した。しかし、ミーガンの姿は消えていた。草がさらさらと音をたて、豚が低いうなり声をあげ、門が閉まった。彼女の代わりとなるのは、この林檎の古樹だけ！　アシャーストは両腕をさっとのばして、その幹を抱きしめた。彼女のやわらかな身体の代わりがこれか。それに、顔にふれるこのざらついた苔。あのやわらかな頰とは大ちがいだ。ただ香りだけは、森を思わせるこの香りだけは、ほんの少し似ている！　彼の頭上やまわりの花々は、さらに瑞々しさを増し、いっそうの月明かりを浴びて白く輝き、息づいているかのように見えた。

七

　トーキーの駅で列車を降りたアシャーストは、ためらいを胸に海岸通りを歩きだした。英国随一の海辺の保養地とうたわれるトーキーだが、彼はこの地にまったく馴染《なじ》みがなかった。元々身なりにかまわない質《たち》の彼は、自分が町に溶けこめていないという事実に気づいてもいない。野暮ったいノーフォーク・ジャケット（訳註　前後の身頃に箱襞が入った、ベルトつきの上着）に、汚れたブーツに、くたびれた帽子という出で立《いた》ちの彼は、行き交う人々に半ば呆《あき》れ顔で見られていることにも気づかないまま、歩幅をひろげて歩きつづけた。ロンドンにある銀行の支店をさがしていたのだが、それが見つかると同時に、気持ちをくもらせるひとつ目の障害にぶつかることとなった。トーキーにお知り合いは？　いません。でしたら、お取引のあるロンドンの銀行に電報を打っていただかなくてはなりません。先方からの返事がとどき次第、喜んでご要望にお応《こた》えいたします。疑念に満ちた味気ない世間の風にふれて、アシャーストの輝かしい展望はいくぶんくもってしまった。それでも、彼は電報を打った。

郵便局のほぼ真向かいに、婦人服をいっぱいにならべた店があるのを見つけたアシャーストは、妙な気持ちになりながらショーウインドーをのぞいてみた。恋人である田舎娘の衣装を選ばなければならないとあって、少なからず動揺していた。とりあえず、彼は店に足を踏み入れた。近づいてきたのは若い女店員だった。青い目をしたその女店員の額には、かすかに困惑の色が浮かんでいる。アシャーストは黙ったまま、ただ彼女に視線を向けていた。

「何かおさがしですか？」

「若い婦人向きの服がほしいんです」

女店員がほほえむのを見て、アシャーストは眉《まゆ》をひそめた。自分が言っていることがどんなに異様か、この瞬間はっきりとわかった。

女店員が慌《あわ》てて尋ねた。

「どのようなデザインがよろしいでしょう？　何か流行《はやり》のものをお見せいたしましょうか？」

「いや、ふつうの服がいい」

「そのお嬢様の背丈はおわかりですか？」

「わかりません。しかし、あなたより五センチほど低いように思います」

「ウエストのサイズは？」

ミーガンのウエスト！

「ああ！　なんでもいいから、ふつうの服を見せてください」

「かしこまりました」

女店員が奥に服を取りにいっているあいだ、アシャーストは絶望的な気分でショーウインドーに飾られた衣装を眺めていた。そうしているうちに、ミーガンが――彼のミーガンが――あの見慣れた野暮ったい毛織りのスカートと、粗末なブラウスと、大きな帽子《タモシャンター》以外の何かを身に着けることはありえないのではないかと思えてきた。両腕に何着もの衣装を抱えて戻ってきた女店員が、町の娘らしい自分の身体《からだ》にそれを次々とあてて見せはじめると、なかに一着、紫がかった灰色の服があった。その色はアシャーストの好みに合ったが、それを着たミーガンなど想像もできなかった。女店員がまた奥に行って、さらに何着か持ってきた。しかし、アシャーストはすっかり気力を失っていた。どう選べばいいというのだ？　帽子も必要だし、靴も手袋も揃《そろ》えなければならない。そして、すべてが揃ったとしても、そうした装《よそお》いはおそらくミーガンをありふれた娘に変えてしまう。田舎の人間が余所行《よそゆ》きを着ると、たいてい個性が失《う》せるのだ。だったら、今のままの姿で旅をしたらいいじゃないか！　ああ！　しかし、人目を引くのはまずい。これは本気の駆け落ちなのだ。アシャーストは若い女店員を見つめながら思った。『この人は、ぼくのことをろくでもないごろつきだと思っているのではないだろうか？』

「あの灰色のを取っておいてもらえますか？」とうとうアシャーストは、自棄になって言った。「今すぐに決めるのは難しい。午後にまた来ます」

女店員はため息をついた。

「ええ、もちろんお取りしておきます。こちらは、とても洒落《しゃれ》たお衣装です。これ以上、お客様のご要望に合うお品は、見つからないのではないかと存じます」

「ああ、見つからないだろうね」アシャーストはそうつぶやいて店を出た。

ふたたび疑念に満ちた味気ない世間の風を感じていた彼は、それを逃れて深々と息を吸い、また空想を始めた。そこには、人生のすべてを彼に捧《ささ》げようとしている、疑うことを知らないかわいらしい娘がいた。その娘を連れて、こっそり農場を抜けだす自分の姿も見えた。月明かりを浴びながら荒地を歩くアシャーストは、片方の腕に娘を抱き、もう片方の腕に新しい衣装を抱えている。やがて夜明けが訪れ、娘が森のなかで古い服を脱ぎ捨てて新しい衣装を身に着けたら、農場から遠く離れた駅で早朝の列車に乗り、蜜月《みつげつ》の旅を始める。ロンドンに着いたら街がふたりを呑《の》みこんでくれるだろう。そうして愛の夢は現実となるのだ。

「フランク・アシャースト！　懐《なつ》かしいな、ラグビー校卒業以来じゃないか！」

アシャーストの眉間《みけん》の皺《しわ》が消えた。近づいてきた青い目の青年の顔は、すっかり日に焼けている。それは、日射《ひざ》しと内なる輝きがいっしょになって、ある種の光を放っている人間の顔だった。彼は応えた。

「こいつは驚いた、フィル・ハリデイじゃないか！」

「こんなところで何をしてるんだ？」

「ああ、特に何も。町を見物してまわっているだけだ。金をおろすのに、少し時間がかかるようなんでね。今、荒地の農場に滞在しているんだ」

「昼食の予定は？　よかったら、いっしょにどうかな？　妹たちもいるんだ。あの子たちが麻疹《はしか》にかかってしまってね」

友人に親しげに腕を取られて、アシャーストは丘をのぼり、またくだって、町からどんどん遠ざかっていった。その間ハリデイは、太陽を思わせる顔同様に晴れやかな声で、「このうんざりする町でまずまず楽しめるのは、海水浴と船遊びくらいのものだ」などと話しつづけていた。そして、間もなく門を抜け、海を見おろす位置にあるクレッセント（訳註　三日月形にのびる路の片側に同じ様式の建物がならび、その前が広場や庭になっている敷地）に足を踏み入れたふたりは、その真ん中に建っているホテルへと入っていった。

「ぼくの部屋にあがって洗面所を使うといい。じきに昼食の用意ができるはずだ」

アシャーストは、姿見に映った自分の様相をじっと眺めた。農場の寝室で櫛《くし》一本と着替えのシャツ一枚きりの生活を二週間送ったあとでは、服やブラシが散乱するその部屋は、古代ローマ時代に栄華を極めたカプアの町のようにも見えた。そして彼は思った。『妙な感じだ……しかも、誰も妙だということに気づいていない』しかし、何が妙なのか、ほんとうのところは彼にもよくわからなかった。

アシャーストが昼食の用意がととのった居室に足を踏み入れ、先に立ったハリデイが「こちらはフランク・アシャーストだ。アシャースト、これが妹たちだ」と言うと、青い目をした抜けるように色の白い顔が三つ、さっと振り向いた。

ふたりはまだ幼く、おそらく十一歳と十歳というところだろう。もうひとりは十七歳くらいで、背が高くて金髪。薔薇色《ばらいろ》を帯びた白い頬はほんの少し日に焼けていて、髪よりもかすかに濃い色の眉が、鼻から外側に向かってやや上向きにのびている。三人はみな、ハリデイによく似た高くて晴れやかな声をしていた。しゃんと立った姉妹は、きびきびとした動作で握手をすませ、品定めするかのようにアシャーストを見ると、すぐにそっぽを向いて午後に何をするか話しはじめた。狩りを司《つかさど》る月の女神ディアナと、侍女のニンフそのものだ！　しばしの田舎暮らしのあとということで、初めは三人の俗語まじりの歯切れのいい夢中のおしゃべりにも、清楚《せいそ》で落ち着いた気取りのない品のよさにも違和感をおぼえたが、次第に何もかもがごく自然なものに思えてきて、あとにしてきた農場がたちまちのうちに遠のいていった。どうやら下の妹たちの名前はサビナとフリーダで、長女の名はステラというらしい。

やがて、サビナと呼ばれている女の子が、アシャーストのほうを振り向いて言った。

「ねえ、いっしょに小さな海老《えび》を捕りにいかない？　とても楽しいのよ」

予想外の友好的な言葉に驚いて、アシャーストはつぶやくように答えた。

「残念だが、午後に帰らなくてはならないんだ」

「まあ！」

「延期できないのかしら？」

アシャーストは新たな話し手——ステラだった——のほうを向き、首を振ってほほえんだ。なんてきれいな人なんだ！　サビナが悲しそうに言った。

「できないことがあるものですか！」そのあと、洞窟《どうくつ》と海水浴の話が始まった。

「遠くまで泳げる？」

「三キロくらいならね」

「まあ！」

「すごいわ！」

「なんてすばらしいんでしょう！」

三対の青い目に見つめられて、アシャーストは重要人物になったような気になっていた。それはこれまでにない感覚だったが、悪い気分ではなかった。ハリデイが言った。

「とにかくゆっくりして、泳いでいけよ。今夜は泊まっていったほうがいいと思うな」

「そうよ、そのほうがいいわ」

しかし、アシャーストはまたも笑みを浮かべて首を振った。そして気がつくと、どんなスポーツをしてきたか質問攻めに遭っていた。食卓を離れたときには、大学時代にボートを漕《こ》ぎ、サッカー・チームでプレイし、一マイル走で優勝したことがある人物として、ちょっとしたヒーローのようになっていた。そのあと、下の妹たちが「わたしたちの洞窟を見てくださらなくてはいけないわ」と言い張り、五人は揃ってホテルを出発した。アシャーストは賑《にぎ》やかにしゃべりつづける子供たちに挟まれて歩き、少し遅れてステラとハリデイがついてきた。洞窟のなかは、どの洞窟もそうであるように湿っぽくて薄暗かったが、すばらしいことにここには池があった。うまくすれば、そこに棲《す》んでいる生き物を捕まえて瓶に閉じこめることができるかもしれない。日に焼けた格好のいい脚をしたサビナとフリーダは、ストッキングなど穿《は》いていなかった。ふたりは、いっしょに池に入って水をすくうのを手伝ってほしいと、アシャーストにせがんだ。彼もじきに裸足《はだし》になっていた。池のなかには美しい少女たちがいて、畔《ほとり》には彼が差しだすどんな獲物をも驚きをもって受け取ってくれる若きディアナが待っている。美意識をそなえた人間がそんな状況に置かれたら、時はあっという間に過ぎてしまう。アシャーストは時間の感覚をすっかり失っていた。時計を取りだした彼は、三時をとうに過ぎていることを知って愕然《がくぜん》とした。今日のうちに小切手を換金するのは不可能だ。今から銀行に向かっても、たどりつく前に閉まってしまう。彼の表情を見て、女の子たちが歓声をあげた。

「わーい！　もう泊まっていくしかないわね」

アシャーストは答えなかった。またもミーガンの顔を思い浮かべていたのだ。朝食の席で彼が「トーキーに行って、必要なものをすっかり揃えてくるよ。夕方、戻ってくる。雨にならないようなら、今夜ここを出よう。支度をしておくんだよ」とささやいたとき、彼女がどんなに震えていたか、どんなに真剣に彼の言葉を聞いていたか、はっきりとおぼえている。ミーガンはどう思うだろう？　そのとき、ミーガンとは別の娘が――金色の髪をした色白で背の高いディアナのような若い娘が――池の畔から静かにこちらを見ているのに気づいて、アシャーストは落ち着きを取り戻した。彼女のかすかに上向きにのびている眉の下の青い目には、訝《いぶか》しげな表情が浮かんでいる。ぼくが何を考えているか知ったら、今夜何をするつもりだったか知ったら、ここにいるみんなは……！　口々に小さく嫌悪《けんお》の叫び声をあげながら、ぼくをひとり残して洞窟を出ていくにちがいない。アシャーストは、怒りと悔しさと恥ずかしさが入り混じった妙な気分になりながら時計をポケットに戻し、唐突に言った。

「ああ、ぼくの負けだ」

「わーい！　これでいっしょに海水浴ができるわ」

愛らしい子供たちの喜ぶ姿を前に、ステラの唇に浮かんだ笑みを見て、ハリデイの「いいぞ！　泊まるのに必要なものは貸してやるよ」という言葉を聞いたら、それでよしという気持ちにならずにいられない。しかし、またもミーガンへの思いと自責の念が、発作のように震えながら全身を駆け抜けていくのを感じて、アシャーストはむっつりと言った。

「電報を打たなくては」

池での遊びに飽きた彼らは、ホテルへと引き返した。アシャーストはナラコウム夫人宛《あて》に電報を打った。

『イッパクシ、アスモドル、アシカラズ』これを読んだミーガンは、用事が多すぎて一日で片づかなかったのだと思ってくれるはずだ。それで、気持ちが軽くなった。暖かな日で、青く穏やかな海が眼下に見えている。泳ぐのが大好きなアシャーストにとって、それはすばらしい午後だった。かわいらしい子供たちにちやほやされて気分がよかったし、ふたりの様子や、ステラの姿や、太陽のようなハリデイの顔を見ていると楽しくなってくる。やや現実味を欠いているようでありながら、何もかもがごく自然に感じられた。まるで、ミーガンと常軌を逸した行動に出る前に、最後にひと目まともな世界をのぞいているような気分じゃないか！　アシャーストは水着を借り、全員揃ってホテルをあとにした。海に着くとハリデイと彼はひとつの岩の陰で、姉妹三人はまた別の岩の陰で、着替えをすませた。アシャーストは先頭を切って海に入り、先刻の水泳自慢が嘘《うそ》でないことを証明しようと、すぐに威勢よく泳ぎだした。そして岸に戻ろうと向きを変えると、海岸沿いに泳いでいるハリデイが見えた。女の子たちは、水しぶきをあげたり、ちょっと潜ってみたり、小さな波に乗ったりして遊んでいる。いつもなら馬鹿《ばか》にするところだが、自分だけが沖を泳いでいるという優越感からか、今はそれがかわいらしく気の利《き》いたことのように思えた。しかし、近づくにつれ、他人である自分が水遊びの仲間に入ったらいやがられるのではないかと不安になってきた。アシャーストはためらいながら、ほっそりとしたニンフたちに近づいていった。それに気づいたサビナが、水に浮くにはどうしたらいいのか教えてほしいと彼を呼んだ。そのあとアシャーストは子供たちの相手に忙しく、自分がステラに疎《うと》ましがられていないかどうかたしかめる暇もなかった。しかし、それは彼女の悲鳴に驚かされるまでのことだった。見ると、腰まで水に浸《つ》かったステラが、やや前のめりになり、真っ白な細い両腕をのばして何かを指さしていた。濡《ぬ》れたその顔は、眩《まぶ》しさと恐怖のせいで歪《ゆが》んでいる。

「フィルを見て！　大丈夫なのかしら？　ねえ、見て！」

　ひと目で大丈夫でないことがわかった。フィル・ハリデイは百メートルほど沖で、足が立たないらしく、水しぶきをあげてもがいていた。そして、とつぜん悲鳴をあげると腕を振りあげ、そのまま沈んでしまった。ステラが兄を助けにいこうとするのを見て、アシャーストは叫んだ。「戻るんだ、ステラ！　戻って！」彼は泳ぎだした。こんなに速く泳いだことはなかった。ハリデイが二度目に浮きあがってきたちょうどそのとき、彼がその場に泳ぎついた。どうやら腓返《こむらがえ》りを起こしたらしい。しかし、もがかずにいてくれたおかげで、連れて戻るのは難しくなかった。足が立つところまで来るとすぐに、アシャーストがとめた場所で待っていたステラが手を貸してくれた。そして、砂浜にハリデイを寝かせると、ふたりはその両脇《りょうわき》に坐《すわ》って彼の脚をさすりはじめた。傍らに立った下の妹たちが、怯《おび》えた表情を浮かべてその様子を見つめている。じきにハリデイの顔に笑みが戻った。「最悪だな」彼が言った。「醜態もいいところだ！ フランク、腕を貸してくれ。もう大丈夫、服があるところまで歩けるよ」アシャーストは彼に腕を貸して歩きながら、ステラに目を向けた。平常心を失って動転しているらしく、濡れた顔は紅潮して目には涙が浮かんでいる。アシャーストは思った。『さっきは咄嗟《とっさ》にステラと呼んでしまった。彼女は不快に思っていないだろうか？』

着替えている最中に、ハリデイが落ち着いた声で言った。

「きみに命を救われたよ」

「そいつはちょっと大袈裟《おおげさ》だ」

着替えをすませた一行は、平常心を取り戻せないまま坂をのぼってホテルに戻り、部屋で横になりたいというハリデイをのぞいて、全員でお茶のテーブルに着いた。ジャムを塗ったパンを少し食べたあとで、サビナが言った。

「あなたって、とっても頼りになるわ！」

「ほんとうよ！」フリーダも同意した。

見ると、ステラはうつむいていた。アシャーストは混乱して席を離れ、窓辺に立った。サビナがささやく声が聞こえてきた。

「ねえ、血の絆《きずな》を誓いましょうよ。フリーダ、あなたのナイフはどこ？」そのあとアシャーストは、三人それぞれが真剣な面持ちで自分の指を軽く傷つけ、絞りだした血を紙に滴《したた》らせるのを目の端で見ていた。彼は向きを変えて扉のほうに歩きだした。

「逃げてはだめ！　戻って！」アシャーストは子供たちに両側から腕をつかまれ、テーブルに連れ戻されてしまった。テーブルに置かれた紙には血で人形が描かれていて、その人形に向かって三方向から星の光がそそいでいるかのように、『ステラ・ハリデイ』、『サビナ・ハリデイ』、『フリーダ・ハリデイ』と三人の名前が――これも血で――書かれていた。サビナが言った。

「これは、あなたよ。ねえ、わたしたちはあなたにキスをしなくてはいけないの」

フリーダも声をあげた。

「そうよ！　キスよ。キスしなくてはいけないの！」

逃げる間もなく、アシャーストの顔に濡れた髪が降りかかり、次の瞬間、鼻を嚙《か》まれていた。左の腕をつねられ、また別の歯がそっと頰を探っている。間もなくして彼を解放すると、フリーダが言った。

「さあ、ステラの番よ」

赤面して身をこわばらせたアシャーストがテーブルの向こうに目を向けると、ステラも真っ赤になって身を硬くしていた。サビナがくすくす笑い、フリーダが囃《はや》したてた。

「早くして。いそがないと、何もかも台無しになってしまうわ！」

気恥ずかしいような熱い妙な思いが、アシャーストのなかを駆け抜けた。そしてそのあと、彼は落ち着き払って言った。

「黙りなさい、まったくしょうのない子供たちだ！」

またもサビナがくすくすと笑った。

「だったら、ステラは自分の手にキスするだけでもいいわ。あなたがその手を取って、自分の鼻にあてればいいのよ。ちょっと曲がったお鼻にね！」

驚いたことに、ステラは自分の手にキスをして、その手を彼に差しだした。アシャーストは厳《おごそ》かにも見えるやり方で、そのほっそりとした冷たい手を取り、自分の頬にあてた。下の妹たちは揃って手を叩《たた》いた。そして、フリーダが言った。

「あなたの命が危険にさらされているのを見たら、いつでもわたしたちが助けてあげる。さあ、これでいいわ。ステラ、お茶のお代わりをいただける？　あまり薄くないのがいいわ」

お茶の時間が再開すると、アシャーストは誓いの血書を折りたたんでポケットにしまった。姉妹は、麻疹になったおかげでどんな得をしたか、しゃべっていた。蜜柑《タンジェリン》を食べられたとか、蜂蜜《はちみつ》を舐《な》めさせてもらえたとか、お稽古《けいこ》を休めたとか、そういったことだ。アシャーストは黙って耳を傾けながら、ステラと親しげに視線を交わしていた。さっきは真っ赤になっていた彼女の頬も、かすかに日に焼けた淡い薔薇色に戻っている。すばらしい家族のなかで、その一員であるかのように過ごすのは心地よかったし、姉妹の顔を見ているとうっとりした。お茶のあと、サビナとフリーダが海藻の押し葉をつくっているあいだ、アシャーストは窓辺の椅子《いす》に腰をおろしてステラとおしゃべりをしたり、彼女が描いた水彩画を見たりして過ごした。何もかもが楽しい夢のようだった。こうしているあいだは時を忘れ、先のことは考えず、事の重大さにも現実にも目をつぶっていたかった。あしたになったら、すべてを捨ててミーガンのもとに戻るのだ。持ち帰ることができるのは、子供たちが書いたポケットのなかの血書だけ。子供たち？　いや、ステラは子供ではない。ミーガンと同い歳《どし》だ！　無口な彼を相手に――早口のやや固い口調で恥ずかしそうに、しかし親しげに――しゃべりつづけるステラの話には華やかな雰囲気があり、落ち着きと清らかさを匂《にお》わせる何かがそなわっている彼女は、まさに深窓の乙女といった感じだ。ハリデイはずいぶん海水を呑んでしまったようで、夕食の時間も部屋で休んでいた。彼のいない食卓でサビナが言った。

「わたし、これからはあなたのことをフランクとお呼びするわ」

フリーダが繰り返した。

「フランク、フランク、フランキー」

アシャーストは、にやりと笑ってお辞儀をしてみせた。

「ステラもよ。今度アシャーストさんって呼んだら罰金ね。そんな呼び方、おかしいもの」

彼はステラに目を向けた。彼女の頬がゆっくりと赤くなっていく。サビナがくすくす笑い、フリーダが大きな声で言った。

「ステラが真っ赤になってるわ。湯気が出そうよ。ほーら！」

アシャーストは左右に手をのばし、ふたりの金色の髪をつかんだ。

「こら、ふたりとも！」彼は言った。「ステラをからかうのはやめなさい。言うことを聞かないと、この髪を結んでふたりを繋《つな》いでしまうぞ」

フリーダが、くっくっと笑いながら言った。

「痛いわ！　ひどい人ね！」

サビナが、ためらいがちにつぶやいた。

「あなた、ステラって呼んだわ！」

「いけないかい？　すてきな名前だから、呼ばずにはいられないよ」

「いいわ。それなら、呼んでもいいことにしてあげる」

アシャーストはふたりの髪を離した。ステラ！　このあと、彼女はぼくをなんと呼んでくれるだろう？　しかし、彼女はどんなふうにも呼んでくれなかった。そして、部屋に引き取る時間になると、彼は敢《あ》えて言ってみた。

「おやすみ、ステラ」

「おやすみなさい、アシャー……。おやすみなさい、フランク。あなた、ほんとうに勇ましかったわ」

「ああ、あのことか。なんでもないさ」

　ステラはすっと腕をのばして彼の手を取り、とつぜん力をこめてにぎりしめると、また不意に手を離した。

　アシャーストは身動きもせずに、誰もいなくなった居室にたたずんでいた。林檎《りんご》の樹《き》の下で瑞々《みずみず》しい花に囲まれてミーガンを抱きしめ、その目と唇に口づけたのは、ゆうべのことだ。どっとよみがえってきた記憶に押し流されそうになって、彼は息を呑んだ。ほんとうなら、今夜始まっていたはずだった——彼のそばにいることだけを望んでいるミーガンとの人生が！　それなのに、時計を見なかったばかりに、もう二十四時間、いやもっと、待たなくてはならなくなってしまった。無邪気な暮らしや、その他のすべてに別れを告げようとしていた矢先に、なぜこの天真爛漫《らんまん》な姉妹と知り合ってしまったのだろう？　『しかし、ぼくはミーガンと結婚する』彼は思った。『彼女にそう言ったんだ！』

アシャーストは蠟燭《ろうそく》を一本手に取って火を灯《とも》すと、自分に用意された部屋へと向かった。となりあったハリデイの部屋の前をとおりかかった彼を、友人の声が呼びとめた。

「アシャースト、きみなのか？　入れよ」

ハリデイはベッドの上で身を起こし、パイプを吹かしながら本を読んでいた。

「坐って少し話していかないか？」

アシャーストは、開け放した窓のそばの椅子に腰をおろした。

「午後のことを考えていたんだ」やや唐突にハリデイが言った。「死ぬとき、それまでの人生が心によみがえってくるというだろう。しかし、そんなふうにはならなかった。おそらく、そこまでいってなかったんだろうね」

「何が心に浮かんだ？」

ハリデイはしばしの沈黙のあと、静かに語りはじめた。

「ちょっと妙な話だが、心に浮かんだのはただひとつ、ケンブリッジ時代に知り合った女の子のことだった。一歩まちがっていたら、あの子と……わかるだろう？深入りしなくてよかったと、あのとき思ったんだ。とにかく、こうしてここにいられるのはきみのおかげだ。助けてもらえなかったら、今ごろは真っ暗闇《くらやみ》のなかにいただろうね。ベッドも煙草《たばこ》も何もなしだ。死んだらどうなると思う？」

　アシャーストは、つぶやくように答えた。

「炎が消えるように、消えてしまうんだと思う」

「本気か？　驚いたな」

「少しはちらちら燃えつづけたり、くすぶったりもするんだろうがね」

「ふん！　そんなふうに思うと気持ちが暗くなるな。ところで、妹たちは行儀よくしているかな？」

「ああ、行儀がいいなんてものじゃないよ」

　ハリデイはパイプを置くと首のうしろで手を組み、窓のほうに顔を向けた。

「三人とも悪い子ではないんだ」彼が言った。

　ベッドの上の友人を蠟燭が照らしている。その笑顔を見つめながら、アシャーストは身を震わせた。そのとおりだ！　笑みも、太陽を思わせる表情も、何もかも永遠に失ったハリデイが、ここに横たわっていたかもしれないのだ。いや、ここではなく、海の底の砂の上に身を横たえて、浮きあがるときを——九日後くらいだろうか？――待っていた可能性さえある。急にハリデイの笑顔が、何かすばらしいものに思えてきた。生と死のちがいは、その笑顔が――そのなかにある小さな炎のようなものが――あるかないか、それだけなのではないだろうか。アシャーストは立ちあがり、小さな声で言った。

「眠ったほうがいい。蠟燭を消していこうか？」

ハリデイが彼の手を取った。

「ほんとうのところは知らないが、死ぬのは不快にちがいない。おやすみ！」

アシャーストはすっかり感動して友人の手をにぎり、階下へとおりていった。そして、まだ開いていた玄関を抜けると、路の向こうの芝生に出た。とてつもなく暗い濃紺の空に星が輝き、その明かりを浴びたライラックの花が、夜の魔法にかかって言葉ではあらわせないほど謎《なぞ》めいた色に変わっている。アシャーストはライラックの枝に顔を寄せた。目を閉じると、茶色いスパニエルの子犬を胸に抱いたミーガンの姿が浮かんできた。『ちょっと妙な話だが、心に浮かんだのはただひとつ、ケンブリッジ時代に知り合った女の子のことだった。一歩まちがっていたら、あの子と……わかるだろう？　深入りしなくてよかったと、あのとき思ったんだ』アシャーストはライラックから顔を遠ざけると、芝生の上を行ったり来たりしはじめた。両側から照らすランプの明かりのなかに、つかのま灰色の幻影を見たのはそんなときだった。彼はまた、ミーガンとともにいた。頭上で息づく真っ白な林檎の花と、小川のせせらぎと、水浴び場の水面《みなも》で輝く鋼色《はがねいろ》の月。アシャーストを仰ぎ見る彼女の顔には、無邪気で慎《つつ》ましやかな情熱の色が浮かんでいる。彼はその顔に口づけたときの恍惚《こうこつ》たる思いに、後先を顧みずに快楽を求めたあの夜の不安と美しさに、今また浸りはじめた。気がつくと、またライラックの陰にじっとたたずんでいた。ここでは小川ではなく、海が夜の声をあげている。耳にとどいてくるのは海のため息とさざめきばかりで、小鳥のさえずりもフクロウの声も聞こえず、鳴きながら旋回するヨタカもいない。あるのは軽やかなピアノの調べと、三日月形の路沿いに建ちならんで夜空にくっきりと映えて見える白い建物と、夜気を満たすライラックの香りだけ。ホテルの上階の窓のひとつから明かりが漏れている。ブラインドがおりたその窓の向こうを人影が横切るのを見て、彼の内でひとつの感情が攪拌《かくはん》され、よじれ、ひっくり返って、この上なく奇妙な衝撃が生まれた。彼の心は掻《か》き乱れた。春と恋とが途方に暮れて混乱しながら、行き場を求めてもがいているかのようだった。

ぼくをフランクと呼び、とつぜんこの手をきつくにぎりしめたあの人が、聡明《そうめい》で純粋なあの人が、この思慮を欠いた不道徳な恋のことを知ったらどう思うだろう？　アシャーストは芝生の上にくずおれた。ホテルに背を向け、脚を組んで微動だにせずに坐りつづけるその姿は、まるで仏像のようだった。本気で彼女の純潔を奪うつもりなのだろうか？　野の花の香りを楽しみ、そして――おそらくは――捨ててしまうのだろうか？『ケンブリッジ時代に知り合った女の子のことだった。一歩まちがっていたら、あの子と……わかるだろう？』アシャーストは身体の両脇に手を置き、芝生に掌《てのひら》を押しあてた。そこには、まだ温《ぬく》もりが残っていた。かすかに湿り気を帯びた芝は、やわらかく、しかもしっかりとしていて、やさしかった。いったいどうするつもりなんだ？　たぶんミーガンは、今も窓辺に立って林檎の花を見ながら、ぼくを想《おも》っている。気の毒なかわいらしいミーガン！　なぜ、いけないんだ？　ぼくは彼女を愛している。しかし、ほんとうに……愛しているのだろうか？　彼女があまりにきれいだから、愛されているのをいいことに、自分のものにしようとしているだけなのではないだろうか？　どうしたらいいんだ？　ピアノの調べがポロポロと流れ、星が空でまたたいている。アシャーストは魔法にかかったかのように、眼下にひろがる暗い海を見つめつづけた。そして、脚がこわばり、肌寒くなると、ようやく立ちあがった。もう、どの窓にも明かりは見えない。アシャーストはホテルへと戻り、ベッドに入った。

八

夢も見ずに熟睡していたアシャーストは、扉を叩《たた》く音で目を覚ました。甲高い声が、彼に呼びかけている。

「おはよう！　お食事の用意ができてるわよ」

彼は飛び起きた。ここはどこなんだ……？　ああ！

アシャーストが居室に足を踏み入れたとき、兄妹《きょうだい》はすでにマーマレードを食べていた。彼がステラとサビナのあいだの空いている席に着くと、サビナがまじまじと彼を見つめ、そのあとで言った。

「ねえ、いそいで。九時半に出発よ」

「ベリー・ヘッドに行くんだ。きみもね」

アシャーストは思った。『ぼくも？　それは無理だ。必要なものを買い揃《そろ》えて、農場に戻らなければならない』彼が目を向けると、すかさずステラが言った。

「行きましょうよ！」

サビナも姉にならって彼を誘った。

「あなたが行かなければ、楽しくないわ」

フリーダが立ちあがって、彼の椅子《いす》のうしろに立った。

「行かなくちゃだめ。行かないなんて言ったら、髪の毛を抜いちゃうわ！」

アシャーストは思った。『もう一日……考えよう。もう一日』そして、彼は言った。

「よし、行こう！　だから、髪を引っこ抜くのはやめてくれ」

「わーい！」

駅に着くとアシャーストは農場宛《あて》に二通目の電報をしたためた。そして、それを……引き裂いた。なぜそんなことをしたのか、自分でもわからなかった。一行はブリックハムから、とても小さな遊覧馬車に乗った。ぎゅう詰めになってサビナとフリーダのあいだに坐《すわ》ったアシャーストの膝《ひざ》は、向かいに腰掛けたステラの膝にふれている。そんな状態で、アップジェンキンズ（訳註　ふた組が向かい合わせになって見えないようにコインをまわし、誰がコインを持っているか相手の組に当てさせるゲーム）をしているうちに、アシャーストは気が晴れて楽しくなってきた。考えるためのもう一日だったはずなのに、考える気になどなれなかった。ベリー・ヘッドでは駆けっこをして、取っ組み合いをして、浅瀬で水遊びをして――さすがに今日は、誰も海水浴を楽しむ気にはならなかった――おかしな輪唱をして、ゲームをして、持ってきたものをすっかり平らげた。帰りの馬車で、下の妹たちはアシャーストにもたれて眠り、ステラと彼の膝はまたもふれあっていた。三十時間前には、この三姉妹の金髪に覆《おお》われた頭さえ見たことがなかったのだと思うと不思議な気がした。列車に乗るとアシャーストはステラと詩について語りだした。そして、彼女の好みを知った彼は、自分の好きな詩について心地よい優越感に浸りながら話した。やがてステラが少し声を落とし、唐突に言った。

「フランク、あなたは来世を信じていないと、フィルから聞いたの。それは恐ろしいことだわ」

アシャーストは、うろたえながらつぶやいた。

「信じているわけでも、信じていないわけでもない。わからないだけだよ」

間髪を入れずに彼女が言った。

「そんなの、わたしには耐えられないわ。来世を信じなかったら、どこに生きる意味があるの？」

　ひそめられた吊《つ》りあがり気味のかわいらしい眉《まゆ》を見ながら、アシャーストは答えた。

「信じたいから何かを信じるということが、ぼくには信じられないんだ」

「でも、来世がないなら、なぜ人はもう一度生きたいと思うのかしら？」

　ステラは食い入るように彼を見つめていた。

　彼女を傷つけたくはなかったが、優位に立ちたいという気持ちに押されて、アシャーストは言った。

「もちろん、みんな永遠に生きつづけたいと思っている。それは、当然の望みだ。しかし、おそらくそれ以上は何もない」

「だったら、聖書はまったく信じていないということ？」

　アシャーストは考えた。このままつづけたら、ほんとうに彼女を傷つけてしまう！

「山上の垂訓は信じている。あれはいつ読んでも美しいし、すばらしい」

「でも、キリストを神様として信じてはいないのね？」

アシャーストは首を振った。

ステラがさっと窓のほうに顔をそむけてしまうと、彼のなかにニック少年から聞いたミーガンの祈りの言葉がよみがえってきた。『神様、どうぞわたしたち家族とアシャースト様をお護《まも》りください』彼女以外の誰が、アシャーストのために祈ってくれるだろう？　今、この瞬間も、ミーガンは彼の帰りを待ちわびて、その姿が見えはしないかと小径《こみち》に目をそそいでいるにちがいない。アシャーストは不意に思った。『ぼくはなんて下劣な男なんだ！』

その夜、彼は繰り返し自分を責めつづけた。しかし、よくあるように、責めるたびに胸に感じる痛みは弱くなり、しまいには下劣な男だという事実を、ほとんど受け入れられるまでになっていた。しかし――妙な話だが！――ミーガンのもとに戻ったら下劣な男になるのか、戻らずにいたら下劣な男になるのか、わからなかった。

みんなでトランプをして過ごしたあと、子供たちが眠る時間になって部屋に引き取ると、ステラがピアノを弾きはじめた。アシャーストは窓辺の薄暗がりに腰掛けて、蠟燭《ろうそく》のあいだから彼女を見つめていた。色白の長い首と、金髪。その頭が手の動きに合わせて、前に傾き揺れている。淀《よど》みない調べに情感はさほど感じられなかったが、目に映る光景のなんとすばらしかったことか！　彼女のまわりは淡い金色に輝き、あたりには清らかな雰囲気がただよっていた。身を揺らしながらピアノを奏《かな》でている、この白い服の天使のような乙女を前に、誰が淫《みだ》らな思いや激しい欲望を抱けるだろう？　ステラが弾いていたのは、シューマンの《なぜ？》という幻想小曲だった。しかし、そのあとハリデイがフルートを吹きはじめると、魔法は完全に解けてしまった。アシャーストもせがまれて、ステラのピアノを伴奏にシューマンの歌曲《恨みはしない》をうたいだしたが、最後までうたいきることはなかった。途中で寝間着の上に青いガウンをまとった小さなふたつの人影があらわれ、ピアノの下に隠れようとしたのだ。そうして夜は、サビナが〝華麗なる大騒動〟と称した混乱のうちに終わりを告げた。

ベッドに入っても、アシャーストはほとんど眠れなかった。ひと晩じゅう考え、寝返りを打ちつづけた。この二日間、きわめて家庭的な親密さと、ハリデイ兄妹がかもしだす強烈な雰囲気に浸りきっていたせいで、農場もミーガンも――そう、ミーガンさえも――非現実的なものに思えてきた。ほんとうに彼女を愛していたのだろうか？　いっしょに農場を抜けだして共に生きようと、ほんとうに約束したのだろうか？　春と夜と林檎《りんご》の花が、彼に魔法をかけたにちがいない。ミーガンを――あの十八にも満たない無垢《むく》な娘を――愛人にすることを思うと、依然として血が沸きたつほどのときめきをおぼえはしたが、彼の心は一種の恐怖でいっぱいになった。アシャーストは自分を罵《ののし》った。『ひどすぎる！　おまえのしたことは……あまりにひどすぎる！』頭のなかで鳴りひびきだしたシューマンの曲が、彼の熱い思いと混ざり合い、またも金髪で色白の洗練されたステラの姿が浮かんできた。前屈《まえかが》みになってピアノを弾いている彼女のまわりは、清らかさを湛《たた》えた不思議な輝きに満ちている。あのときのぼくは――いや、今も同じだが――頭がおかしくなっていたにちがいない。いったい、ぼくはどうしてしまったんだ？　気の毒なかわいらしいミーガン！『神様、どうぞわたしたち家族とアシャースト様をお護りください』『おそばにいたい。ただ、それだけです』彼は枕《まくら》に顔をうずめ、声を殺して泣いた。農場に戻らずにいるのは恐ろしかった！　しかし、戻るのは……もっと恐ろしかった！

感情は、それを抱く人間が若くて、発散の手段を持っている場合、人を苛《さいな》む力を失うものだ。アシャーストは眠りに落ちていきながら思った。『なんだっていうんだ？　何度かキスをしただけじゃないか！　ひと月もしたら、すっかり忘れているにちがいない！』

翌朝、アシャーストは小切手を換金したが、疫病《えきびょう》を避けるかのように、あの灰色の服を見た店には近づかず、彼自身が必要としているものだけを買い揃えた。そして、そのあとは自分に対する怒りのようなものを抱えて、一日じゅう妙な気分で過ごした。この二日、彼を悩ませていたミーガンへの思いは消え、心に穴があいたようになっていた。熱い憧《あこが》れのすべてが、ゆうべの涙に洗い流されたかのように、跡形もなく消えていた。お茶のあと、ステラが彼の脇《わき》に本を置き、恥ずかしそうに言った。

「フランク、この本はお読みになった？」

ファーラーの《キリストの生涯》だった。無信心ぶりを心配されているのだと思うとおかしかったが、アシャーストは胸を打たれてもいた。そして、ステラの気持ちがうつったのか、彼女の考えを変えさせることはできないまでも、自分を正当化したいという強い思いが湧《わ》きあがってきた。その夜、下の妹たちとハリデイが海老《えび》をつかまえるのに使う網の修繕をしているときに、アシャーストは言った。

「ぼくの見るかぎり、正統派と言われる宗教の裏には、常に報酬の概念がある。正しく生きる代わりに、何が得られるか？　そう、つまり一種の見返りを求めているわけだ。そうしたことは、すべて恐怖から始まっているように思うんだ」

長椅子に坐って紐《ひも》を小間結びに結んでいたステラが、さっと目をあげた。

「わたしは、もっと深いものだと思うわ」

アシャーストは、またも彼女の上に立ちたいという気持ちに駆られた。

「そんなふうに思うかもしれないが、見返りを求める気持ちほど深いものはないよ。その本質を見極めるのは、ほんとうに難しい」

ステラが眉間《みけん》に皺《しわ》を寄せて、怪訝《けげん》そうに顔をしかめた。

「わたしにはわからないわ」

アシャーストは執拗《しつよう》につづけた。

「いいかい、信心深い人たちをよく見てごらん。この世は望むすべてを与えてはくれないと、感じている人間ばかりだ。そう思わないかい？　ぼくは、正しい人間であること自体が正しいから、正しく生きることを信条としているんだ」

「正しく生きることはたいせつだと信じてるのね？」

なんてきれいなんだろう。彼女といっしょにいられたら、正しく生きるのは簡単だ！　アシャーストはうなずいて言った。

「その結び方、教えてくれないかな」

紐を操る手に彼女の指がふれるのを感じて、彼は癒《い》やされ、幸福感をおぼえた。そして、ベッドに入ってからも、ステラの清らかで落ち着いたやさしい雰囲気を防護の衣のように身にまとって、頑《かたく》なに彼女を思いつづけた。

翌日は、アシャーストが知らない間に、列車でトットネスまで出かけてベリー・ポメロイ城でピクニックをする計画ができていた。過去を忘れようと固く決めていた彼は、ランドー馬車（訳註　折りたたみ式の幌がついたふたつの座席が前後に向き合うように配されている、四輪客馬車）に乗りこみ、ハリデイとならんで御者のうしろの席に着いた。しかし、走りだした馬車が海沿いの通りを抜けて、もうじき駅に向かって曲がろうというところで、アシャーストは心臓が口から飛びだしそうになるほどの驚きをおぼえることになった。ミーガンが――まちがいなく、あのミーガンが！――向こう側の歩道を歩いていたのだ。古びたスカートと上着とタモシャンターという出《い》で立《た》ちの彼女が、道行く人々の顔を探るように見あげながら歩いている。アシャーストは咄嗟《とっさ》に手で顔を隠し、目に入ったゴミを取ろうとしているふりをしたが、指のあいだから彼女を見つづけていた。その足取りは田舎を歩きまわっていたのびやかなものとはちがい、飼い主を見失って進むべきか戻るべきかわからずに途方に暮れている子犬のようで、いかにも怖《お》ずおずとして頼りなげだった。どうやってここまで来たのだろう？　農場を出てくるのに、どんな嘘《うそ》をついたのだろう？　何を期待して、やってきたのだろう？　車輪は一回転ごとに、アシャーストを彼女から遠ざけていく。決意を裏切って心が叫びだした。『馬車をとめろ！　降りろ！　彼女のもとに走るんだ！』馬車が駅に向かって角を曲がると、アシャーストは堪《こら》えきれずに扉を開け、低い声で言った。「忘れ物をした。きみたちは、このまま行ってくれ。待ってくれなくていい。城で落ち合えるように、次の列車で追いかける」馬車から飛びおりた彼は、よろめき、身をひねって倒れそうになりながらも、体勢を立てなおして前へと足を進めた。そのあいだにも、馬車は驚いているハリデイ兄妹を乗せてどんどん遠ざかっていった。

すでにミーガンはずっと先まで行っていたが、アシャーストがいる通りの角から、かろうじてその姿が見えていた。彼は何歩か走り、そのあと速度をゆるめて歩きだした。ミーガンに一歩近づき、ハリデイ兄妹から一歩遠ざかるごとに、歩みが遅くなっていく。彼女の姿を見たからといって、何がどう変わるというのだ？　彼女に追いついて、その結果なるようになったとして、事態がどうましになるというのだ？　隠しても隠しきれない事実がここにある。アシャーストはハリデイ兄妹に会って以来、ミーガンとは結婚できないと、徐々に確信するようになっていた。彼女と結婚したら、激しく愛し合いながらも、良心の呵責《かしゃく》をおぼえ、問題だらけの厄介なときを過ごすことになるだろう。そのあとは――そう、そのあとは――あまりに素直で、疑うことを知らず、露のように清らかで、すべてを与えてくれるからというだけの理由で、彼女に飽きてしまう。そして、露のような清らかさは……いつか消えてしまうのだ！　遠くで揺れているミーガンの大きな帽子が、目の前の風景のなかで唯一《ゆいいつ》、色褪《いろあ》せて見えている。彼女は、とおりかかる者すべての顔に目を向け、家々の窓をのぞいていた。ここまで残酷な瞬間に身を置いたことのある男が、他にいるだろうか？　いまさら何をしたところで、自分が人でなしになったような気分は拭《ぬぐ》えない。アシャーストが漏らしたうなり声を聞いて、子守女が振り返り、彼に視線を向けた。立ちどまったミーガンが、防波堤に身をあずけて海を眺めている。それを見て、彼もまた足をとめた。おそらく、海など目にしたことがなかったミーガンは、苦しみに苛まれていてさえ、その景色に引きこまれずにいられなかったのだ。『ああ、ミーガンはまだ何も見ていない』彼は思った。『すべてはこれからだ。しかし、この熱い思いを満たそうとすれば、ほんのつかのまの情欲と引き替えに、彼女の人生をずたずたにしてしまう。そんなことをするくらいなら、首を吊ったほうがまだましだ！』そのとき不意にアシャーストは、ステラを見たように思った。額にかかったふわりと波打つ髪を風に乱しながら、穏やかな眼差《まなざ》しで彼の目を見つめている。ああ！　ミーガンと駆け落ちするなんて、狂気の沙汰《さた》だ。そんなことをしたら、自分が重んじているものも自尊心もすっかり失ってしまう。アシャーストは踵《きびす》を返し、駅に向かって足早に歩きだした。しかし、粗末ななりをしておろおろと歩いていたあの小さな姿や、すれちがう者たちの顔を探るように見ていた不安に満ちた眼差しを思うと、またも激しい自責の念に苛まれ、海のほうへと戻った。夕モシャンターは、もうどこにも見えなかった。風景のなかのしみのように見えていたあの色褪せた帽子は、昼の散歩を楽しむ人の波に呑《の》まれてしまったのだ。ミーガンを求める熱い思いと、人生が何かを手のとどかないところに運び去ってしまったと感じたときに誰もがおぼえる飢餓感に駆りたてられて、アシャーストはいそいだ。しかし、彼女の姿はどこにも見えなかった。三十分ほどさがしまわったあと、彼は砂浜に俯《うつぶ》せに倒れこんだ。ほんとうに見つける気があるのなら、ただ駅に行って待てばいいのだとわかっていた。やがてミーガンは捜索を諦《あきら》め、帰りの列車に乗るために駅にあらわれるにちがいない。あるいは、自分が列車で農場に戻り、彼女の帰りを待つという手もある。しかし、アシャーストは、シャベルやバケツを持った子供たちの、みな同じにしか見えないいくつものグループに混じって、浜辺に力なく横たわっていた。彼をさがしてさまよい歩いていた小さなミーガンを哀れむ気持ちは、血を沸きたたせるような激しい思いにほとんどかき消されていた。荒涼とした思いにとらわれている今、彼が重んじていたはずの騎士道精神は、跡形もなく消えている。アシャーストは、ミーガンを求めていた。彼女の口づけが、小さくてやわらかな彼女の身体《からだ》が、彼女のひたむきさが、ためらいなく身を捧《ささ》げようとする彼女の情熱が、ほしかった。あの夜、月に照らされた林檎の樹《き》の下にいたときのすばらしい気分を、もう一度味わいたかった。ファウヌスがニンフを求めるように、アシャーストはそうしたすべてを激しく求めていた。鱒《ます》が棲《す》む小川が、輝きを放ちながらさらさらと流れる音。目も眩《くら》むばかりのキンポウゲ。大昔、〝野人たち〟が住んでいたという岩の群れ。カッコウやヨーロッパアオゲラやフクロウの鳴き声。ビロードを思わせる暗闇《くらやみ》に顔をのぞかせて、白い花を生きいきと照らしていた赤い月。窓辺に立った彼女のとどきそうでとどかなかった顔。恋に落ちた者特有の表情が浮かんでいた、あの顔。林檎の樹の下で胸に感じた彼女の胸と、彼の口づけに応《こた》えた彼女の唇。その何もかもがアシャーストを苛んだ。それでも、彼は気力を失ったまま横たわっていた。ミーガンを愛《いと》おしむ気持ちと熱い憧れをねじ伏せて、彼を温かな砂の上にとどまらせているものは、いったいなんなのだろう？　金色の髪をした三つの頭。青色のやさしい目をした色白の顔。アシャーストの手をにぎりしめた細い手。彼の名を呼ぶ生きいきとした声。そして、あの言葉——『正しく生きることはたいせつだと信じてるのね？』そう、それに清らかで落ち着いた、汚《けが》れひとつない神聖とも言える雰囲気のようなもの。あの感じを喩《たと》えるなら、タツタナデシコやヤグルマソウやバラが咲き乱れ、ラベンダーとライラックの香りがただよう、塀に囲まれた古い英国式庭園だ。アシャーストは、そういうものを清潔で正しいと感じるように育てられてきた。不意に彼は思った。『ここにいたら、海岸通りに戻ってきたミーガンに見つかってしまうかもしれない！』アシャーストは立ちあがり、海岸の遠くの端にある岩のほうへと移動した。顔に波しぶきが降りかかるその場所でのほうが、冷静に考えられた。農場に戻って、ミーガンに似つかわしい大自然のなか、樹々や岩に囲まれて愛し合うというのは、絶対に不可能だとわかっていた。また、自然の一部のようにも思える彼女を都会に連れていき、小さなフラットか部屋を借りて住まわせるという考えは、彼の内に棲む詩人を怯《ひる》ませた。感覚的なものでしかない彼の情熱は、じきに冷めてしまうだろう。あそこまで地味で教養に欠ける彼女がロンドンで暮らすとしたら、彼の秘密の情婦となる以外に道はない。潮が引きはじめ、今にも消えようとしている緑色の水たまりの上に足をぶらさげて岩に腰掛けていると、時が経《た》つほどにはっきりと物事が見えてきた。それでも、彼に絡《から》みついたミーガンの腕が、そして彼女のすべてが、ゆっくりと、ゆっくりと、水たまりにすべり落ちて、海へとさらわれていってしまうように思えてならなかった。彼を見あげるミーガンの顔と、すがるような眼差しと、濡《ぬ》れた黒い髪。そんな幻が取《と》り憑《つ》いて、彼を苦しめ悩ませた。アシャーストはようやく立ちあがると、低い岩壁をのぼって、隠れ場めいた入り江におりた。海に入れば、熱が冷めて平静になれるにちがいない。アシャーストは服を脱いで泳ぎだした。とにかく疲れて何もかも忘れたかった彼は、無鉄砲なほどの速さで沖へ沖へと泳いだ。そしてとつぜん、理由《わけ》もなく怖くなった。二度と岸まで泳ぎつけないかもしれない。波にさらわれてしまうかもしれないし、ハリデイのように腓返《こむらがえ》りを起こす可能性もある！　彼は岸に向かって泳ぎだした。赤い岩壁が、はるか遠くに見えている。ここで溺《おぼ》れたら、脱ぎ捨ててある服を誰かが見つけるだろう。それで、ハリデイ兄妹は彼が溺れたことをしらされるが、ミーガンにはけっして伝わらない。農場では新聞など読まないのだ。フィル・ハリデイの言葉が、またもよみがえってきた。『心に浮かんだのはただひとつ、ケンブリッジ時代に知り合った女の子のことだった。一歩まちがっていたら、あの子と……わかるだろう？　深入りしなくてよかったと、あのとき思ったんだ』そして、理由のない恐怖をおぼえていたこのとき、彼はミーガンを忘れようと決意した。すると、たちまち恐怖が消えた。アシャーストは楽々と岸に泳ぎつき、日を浴びて身体が乾くと服を着た。胸が痛まないわけではなかったが、もうさほどつらくはない。身体もひんやりとして、生き返ったようになっていた。

アシャーストの年頃の若者にとって、人を哀れむ気持ちは、激しい感情にはなりえない。ハリデイ兄妹の居室に戻った彼は、お茶を頼んで貪《むさぼ》るようにトーストを食べた。熱が引いて病気が治ったような気分だった。何もかもが日新しく鮮明に見え、お茶もジャムつきのバタートーストも桁外《けたはず》れにおいしく、煙草《たばこ》はこれまでにないほどいい香りがする。お茶を飲みおわった彼は、誰もいない部屋を行ったり来たりしては、そこここで立ちどまって何かにふれたり見たりして過ごした。ステラの裁縫道具が入った籠《かご》を手に取って、糸巻きに巻かれた木綿糸や、束になっている華やかな色の絹糸をさわったり、彼女がクルマバソウを詰めてつくった小さな匂《にお》い袋の香りをかいでみたりもした。そして、ピアノの前に坐って片手で曲を奏でながら思った。『今夜もステラはピアノを弾くにちがいない。その姿を眺めていよう。彼女を見ていると、幸せな気分になれるんだ』ゆうべ彼の脇にステラが置いた本が、そのままの場所にあった。アシャーストはそれを取りあげ、読んでみようとした。しかし、またとつぜんミーガンの小さく悲しげな姿がよみがえりそうになり、立ちあがって窓にもたれた。あたりの庭で鳴いているツグミの声と、樹々の下に見えている夢のような青い海。ボーイがやってきて、お茶のテーブルを片づけていっても、彼はまだそこに立って、何も考えないよう努めながら夜気を吸っていた。やがて、バスケットをぶらさげたハリデイ兄妹が、門を抜けてクレッセントに入ってきた。ステラがフィルや子供たちの少し前を歩いている。それを見たアシャーストは、咄嗟に窓から離れた。心を痛めて当惑していた彼は、ハリデイ兄妹と顔を合わせることを思って怯みながらも、やさしい慰めを求めてもいた。こんなふうに心を左右されるのは腹立たしかったが、それでもあの清らかな落ち着いた雰囲気にふれたくてたまらなかったし、ステラの顔を眺める喜びに浸りたかった。ピアノのうしろの壁に寄りかかって見ていると、彼女が部屋に入ってきた。誰もいないと思ったのだろう、がっかりしたような様子で、かすかに困惑の色を浮かべている。そのあと、彼をみとめたステラの顔に笑みがひろがった。一瞬にして浮かんだ、その輝くばかりの笑みは、アシャーストの気持ちを和ませると同時に苛立《いらだ》たせもした。

「フランク、追いかけてこなかったのね」

「追いかけても落ち合えそうになかったのでね」

「見て！　こんなにきれいな遅咲きのスミレを摘んだのよ！」ステラが差しだした花束に鼻を近づけたアシャーストのなかに、淡い恋心がひろがりだした。しかし次の瞬間、道行く人々の顔を不安そうに見あげていたミーガンの姿を思い出して、そんな気持ちも冷めてしまった。

素っ気ない口調で彼は言った。「なんて美しい」そして、それきり顔をそむけてしまった。アシャーストは自分の部屋に引きとり、階段をのぼってきた子供たちを無視してベッドに身を投げだすと、仰向《あおむ》けになって組んだ両腕で顔を覆った。どんな結果が待っていようと、もうどうしようもない。ミーガンのことはあきらめたのだ。アシャーストは自分を憎み、ハリデイ兄妹を、そして彼らがかもしだす、健全で幸せな、いかにも英国の家庭らしい雰囲気を、憎んだ。なぜ彼らはここに居合わせて、ぼくの初めての恋を台無しにし、自分がありきたりの女たらしにすぎないことを思い知らせてくれたのだ？　あの色白の控えめな美しいステラは、どんな権利があって、ミーガンとの結婚はありえないとぼくに知らしめてくれたのだ？　何もかもをくもらせ、ぼくに失ったものを切望するという耐えがたい苦痛を与え、こんなにもみじめな思いをさせる、どんな権利が彼女にあるというのだ？　ミーガンは、もう農場に戻っているころだ。悲しい結果に終わった捜索のせいで疲れ果て――あぁ、かわいそうに！――それでも農場で彼が待っているかもしれないという、淡い期待を抱いていたにちがいない。アシャーストは良心の呵責と彼女への断ち切りがたい思いに苛まれ、袖《そで》を嚙《か》んでうめき声を抑えた。夕食の席でも彼はむっつりと押し黙っていて、その重苦しい雰囲気は、子供たちにさえ影を落とした。みんなが疲れていたせいもあり、ずいぶんと刺々《とげとげ》しい憂鬱《ゆううつ》な夜になってしまった。アシャーストが何度か目にした、悲しそうに自分を見ているステラの戸惑い顔も、彼の意地悪な気持ちを満足させただけだった。彼は惨《みじ》めな気持ちで眠りに就き、翌朝はかなり早くに目覚めて散歩に出かけた。海岸までおりて、日に照らされた穏やかな青い海を見ていると、いくらか気持ちがやわらいだ。なんて馬鹿《ばか》なんだ。今度のことでミーガンがどれだけ傷つくか心配するなんて、思いあがりも甚だしい。一、二週間も経てば、ぼくのことなどほとんど忘れてしまうにちがいない。そして、ぼくは……そうだ、道を誤らなかった褒美《ほうび》を授かるのだ！　この先も立派な若者として生きていける。悪魔の存在を信じているステラがこのことを知ったら、悪魔に打ち勝ったと言って褒めてくれるだろう。アシャーストは大声をあげて笑った。しかし静けさのなか、美しい海と空に抱かれて、飛びかうカモメたちのもの悲しい姿を見ているうちに、徐々に恥ずかしくなってきた。彼は海に浸《つ》かり、それからホテルへと引き返した。

ステラが庭の折りたたみ椅子に坐ってスケッチをしていた。アシャーストは、背後からそっと彼女に近づいていった。絵筆を持った手をまっすぐにのばして熱心に比率を測っているその姿の、なんと清らかでかわいらしいことだろう。

アシャーストはやさしく呼びかけた。

「ステラ、ゆうべは不愉快な思いをさせてしまって、すまなかった」

振り向いた彼女は、驚いて真っ赤になりながらも、いつもの歯切れのいい口調で応えた。

「いいのよ。何かあったにちがいないって思ってたの。お友達ですもの、あんなことなんでもないわ」

アシャーストは言った。

「お友達……ぼくのことを友達だと思ってくれてるの？」

ステラは、彼を見あげて大きくうなずいた。その顔にたちまち晴れやかな笑みが浮かび、上の歯がきらりと輝いた。

三日後、アシャーストはハリデイ兄妹とともにロンドンに戻った。農場へは手紙も出さなかった。手紙に書けることなど何があるというのだ？

翌年の四月の最後の日、彼はステラと結婚した……。

　銀婚式の日、ハリエニシダが繁《しげ》るなか、塀にもたれて坐《すわ》っていたアシャーストの心によみがえってきたのは、そんな思い出だった。初めて目にしたミーガンが空を背景に立っていたのは、彼が昼食をならべたまさにこの場所だったのではないだろうか。なんという不思議なめぐりあわせだろう！　小径《こみち》をくだって、あの農場や果樹園や小川のほとりのジプシーの幽霊が出るという湿原を見てみたいという気持ちが、アシャーストのなかに湧《わ》きあがってきた。たいして時間はかからない。ステラがあらわれるまでに、あと一時間はあるはずだ。

　小さな丘のてっぺんに数本かたまって生えているオウシュウアカマツと、その向こうの草に覆《おお》われた切り立った丘！　何もかもが記憶のままだった。アシャーストは農場の門の前で足をとめた。背の低い石づくりの家も、イチイのポーチも、花をつけたアカスグリの樹《き》も、少しも変わっていない。それどころか、二階の窓の下の草地に古い緑色の椅子《いす》が置かれているところまで、あのときのままだった。あの夜、あの椅子にのぼって、窓辺に立ったミーガンから鍵《かぎ》を受け取ったのだ。彼は、さらに小径をくだり、果樹園の門にもたれかかった。昔のままの、桟を組んだだけの灰色の門だった。黒い豚が一頭、樹々のあいだをうろついているところまで、あのころと同じだ。ほんとうにあれから二十六年経《た》ったのだろうか？　それとも、夢を見ていただけで、大きな林檎《りんご》の樹の下に行けば、彼を待っているミーガンに会えるのだろうか？　アシャーストは考えるともなく白髪まじりの髭《ひげ》に手をやり、自らを現実に引き戻した。門を開け、ギシギシやイラクサの生えるなか、果樹園のはずれの林檎の樹の下まで行ってみた。昔のまま、何も変わっていない！　灰緑色の苔《こけ》が多少増えて、枝が一、二本、枯れてはいるが、ミーガンが行ってしまったあとに苔だらけの幹を抱いて樹の香りをかいだあの夜が、昨夜《ゆうべ》のように思われるほど何も変わっていなかった。あのときは頭上の花が、月明かりに照らされて瑞々《みずみず》しく輝いていた。春浅い今、花こそ咲いていないが、その枝にはすでに蕾《つぼみ》がいくつかついている。クロウタドリの大きな歌声と、カッコウの鳴き声と、眩《まばゆ》い暖かな日射《ひざ》し。信じられないほど、変わっていない。鱒《ます》が棲《す》む小川のせせらぎも、毎朝水浴びをした、脇腹《わきばら》や胸に水しぶきがかかる浅い水たまりも同じなら、湿原も昔のとおりで、ジプシーの幽霊が腰掛けるという岩も、その先のブナの林も、そっくりそのままだった。失われた若さを思って胸が痛み、実らずに終わった恋とあの甘やかさに焦《こ》がれて、喉《のど》が締めつけられるような感覚をおぼえた。こうした美しい自然のなかに立つと、人は、大地と空がそうするように、そのうっとりするような景色を胸に抱こうとする。しかし、人にはそれができない！

アシャーストは小川の岸に立って、小さな水たまりを見おろしながら思った。『若さと春！　ぼくの青春は、どこへ行ってしまったんだ？』そのあと、誰かに出くわして思い出が損なわれてしまうのが急に怖くなった彼は、小径に戻って物思いに沈んだまま十字路へと引き返した。

白髪まじりの髭を生やした労働者ふうの老人が、杖《つえ》にもたれて車の脇に立ち、運転手と話していた。老人は無礼を見咎《みとが》められたかのように慌《あわ》てて口を閉じ、帽子に手をやると、足を引きずりながら立ち去ろうとした。

アシャーストは、草に覆われた細長い塚を指さした。「あれはなんなのでしょう？　教えてもらえますか？」

老人は足をとめた。その顔に『よっくぞ、このわしにお尋ねくださりましたねえ、旦那《だんな》！』とでも言いたげな表情があらわれた。

「墓です」老人が答えた。

「しかし、なぜこんなところに？」

老人がほほえんだ。「いわゆる、物語のようなものがありましてねえ。この話をするのは、初めてじゃあありません。あの塚について尋ねるお方は、おおぜいおられますでねえ。このあたりの者は、〝乙女の墓〟と呼んどります」

アシャーストは煙草《たばこ》入れを差しだした。「一服、どうですか？」

老人はまたも帽子に手をやり、古びた陶製のパイプにゆっくりと煙草を詰めた。皺《しわ》と眉《まゆ》に埋もれているようにも見える上向いたその目は、やはりきらきらと輝いていた。

「差し支えなけりゃあ、旦那、腰掛けさせてもらいますよ。今日は、ちょっとばかり脚が痛みますんでねえ」老人はそう言って、塚の上に腰をおろした。

「この墓には、いつだってこうして花が供えられておりましてねえ。それに、さみしいことなんか、ありゃあしません。今じゃあ、自動車なんてものに乗ってとおりかかる勇ましいお方がおおぜいいなさりますでねえ。昔とはちがいますわ。ここにいりゃあ、あの娘《こ》も話相手に不自由しませんわ。ここにはねえ、自害したかわいそうな娘の魂が眠っとりますんですよ」

「なるほど！」アシャーストは言った。「それで十字路に。いまだにそんな風習が残っているとは、知りませんでした」

「いやあ！　もうずいぶん昔のことですわ。当時、この教区においでになった牧師様というのが、えらく厳しいお方でねえ。さて、わしが年金を頂戴《ちょうだい》するようになって、九月末のミカエル祭で六年になりますがねえ、あの騒ぎがあったのはちょうど五十の歳《とし》でした。わし以上に事情を知る者は、もう生きとりませんですよ。あの娘は、当時わしが働いとった、すぐそこにあるナラコウムの奥さんの農場にいましてねえ。あぁ、今はニック・ナラコウムが跡を継いでおりますですよ。わしも時々、ちょっとした仕事を手伝っていますがねえ」

門に寄りかかってパイプに火をつけていたアシャーストは、マッチの炎が消えてもなお、顔の前から風よけの手をどけなかった。

「それで？」そう言って老人をうながした彼の声は、自分の耳にも奇妙にひびくほどしゃがれていた。

「あんないい娘は、滅多にいるもんじゃありません。あの娘がかわいそうでねえ！　わしはここをとおるたんびに、花を供えてやっとります。きれいで気立てのいい娘だったのに、教会にも、あの娘が望んでいた場所にも、埋めてもらえませんでねえ」老人は口を閉じ、関節が変形した毛だらけの手を開いて、墓に手向《たむ》けられたブルーベルの横に置いた。

「それで？」アシャーストは、またうながした。

「言ってみりゃあ、恋物語ってもんじゃあないでしょうかねえ」老人はつづけた。「ほんとうのところは、誰にもわかりゃあしませんがねえ。あぁ、若い娘の心のうちなんてもんは、誰にもわかるもんじゃありません。だけども、わしにはそんなふうに思えてならんのですよ」老人は塚を撫《な》でるようにして、手を引き寄せた。

「わしは、あの娘が好きでねえ。あの娘を好かん者はおりませんでした。情のある娘だったですよ。それが災いしたんでしょうねえ」老人が目をあげた。アシャーストは、髭に隠れた唇が震えているのを感じながら、またもつぶやき声でうながした。

「それで？」

「春のことでした。ちょうど今時分……いや、もう少しあとだったですかねえ。林檎の花の盛りのころだったですよ。大学を出たての若い紳士が、農場に泊まっておいでねえ。ぱりっとした、いい青年だったですよ。わしは、ずいぶんと気に入っとりました。あのふたりのあいだに何かがあったとは思わないですけどもねえ、おそらくあの娘がのぼせあがっちまったんでしょうねえ」老人はくわえていたパイプを口からはずすと唾《つば》を吐き、また先をつづけた。

「その青年は、ある日ふいっと姿を消して、それっきり戻ってきなさらなかった。農場には、今もあの人のリュックサックだのなんかが残っとるようですがねえ。妙じゃありませんか。人を寄こしもしなけりゃあ、どこかに送れといってもこなかった。アシェスさんとかなんとかいう、お名前でしたかねえ」

「それで？」アシャーストは再度うながした。

老人は唇を舐《な》めた。

「あの娘は、なんにもしゃべらんでした。だけども、あの日からぼうっとしちまいましてねえ。まったく妙な様子だったですよ。人があんなにも変わっちまうなんてねえ。あとにも先にも見たことがありませんわ。当時、農場にもうひとり若い者《もん》がおりましてねえ。ジョー・ビデフォードという名前でした。その若い者がまた、あの娘に惚《ほ》れとりましてねえ。うるさくつきまとって、あの娘を困らせとったんじゃあないでしょうかねえ。あの娘は、ほんとうに狂ったようになっちまったですよ。果夜、子牛を追ってるときに、たびたびあの娘を見かけるようになりましてねえ。樹園の大きな林檎の樹の下に立って、じいっと前を見つめとりました。わしは心のなかで言ってやったもんですわ。『ああ、何があったか知らないけども、おまえさんを見てると不憫《ふびん》でならないよ』とねえ」

老人はパイプの火をつけなおして、考え深げに吸った。

「それで?」アシャーストはうながした。

「ある日、あの娘にこう尋ねてやったのをおぼえとります。『どうした、ミーガン? おまえさん、なんか気を揉《も》んでるんじゃあないのかい?』とねえ。ああ、その娘はミーガン・デイヴィッドといいましてねえ。おばにあたる亡《な》くなったナラコウムの奥さんと同じ、ウェールズの出だったです。あの娘は『いいえ、ジム。そんなことはないわ』と答えました。けれども『いいや、なんかあるはずだ』と言ったわしに『いいえ、何もないわ』と答えたあの娘の目から、涙がこぼれましてねえ。『泣いてるじゃあないか。どうしたあ？』と尋ねてやると、自分の手を胸にあてて『ここが痛いの。でも、すぐに治るわ。だけど、ジム、もしわたしの身に何か起きたら、この林檎の樹の下に埋めてほしいの』と、そんなことを言うじゃあないですか。わしは笑ってたしなめてやりましたよ。『おまえさんの身に何が起きるっていうんだ？　馬鹿《ばか》なことを口走るもんじゃあないよ』とねえ。あの娘は『いいえ、馬鹿なことを口走ってなんかいないわ』と言いましたですよ。若い娘ってもんがどんなふうかは、わしだってわかっとりますから、それきり何も考えやしませんでした。ところが、その二日あと、夜の六時くらいだったですかねえ、子牛を追って小径をのぼってくると、小川のなかに黒いもんが横たわってるじゃありませんか。あの大きな林檎の樹のそばにねえ。『豚か？　豚にしちゃあ、妙な場所にいるもんだ！』と、わしは独りごちました。それで、近づいてみたわけでねえ」

老人は、そこで黙りこんだ。上を向いたその目は、苦悩の色を湛《たた》えて輝いていた。

「岩で堰《せ》きとめた浅い水たまりに倒れてたのは、あの娘だったですよ。くだんの若い紳士があそこで水浴びをしてるのを、一、二度、見かけたことがありましたっけねえ。俯《うつぶ》せになって、顔が水に浸《つ》かってました。頭のすぐ上の岩に、キンポウゲが生えていてねえ。あの娘の顔を見ると、かわいらしくて、きれいで、うんと穏やかで、まるで赤ん坊のようだったですよ。あぁ、すばらしくきれいだった。それを見た医者が言ったですよ。『恍惚《こうこつ》状態にでもなっていないかぎり、こんな浅い川じゃあ、死ねないよ』とねえ。あぁ！　あの顔を見たら、誰だってそのとおりにちがいないと思いますですよ。そりゃあもう泣けてねえ。ほんとうに、きれいだった！　六月のことだったけれども、咲き残ってた小《ち》っちゃな林檎の花を見つけてきて、髪に挿してましてねえ。あんなふうに楽しそうに逝《い》っちまうなんて、恍惚状態ってやつにきまってます。考えてもごらんなさいな！　あの小川の深さは、四十センチかそこらだ。だけどもねえ、これだけは言える。あの草っ原には幽霊が出ますですよ。わしはそれを知っとるし、あの娘も知っとりました。そんなはずはないと言う者もいるかもしれないが、出るもんは出るんだ。あの娘が林檎の樹の下に埋めてほしいと言っとったことを、みんなに伝えました。だけども、そのせいであの娘が自害したように思われちまいましてねえ。それで、ここに埋められちまったですよ。当時の牧師様は、えらく厳しいお方でねえ」

老人は、また塚を撫でた。

「まったくねえ」さらに老人がゆっくりと言った。「男に惚れちまった若い娘ってえもんは、何をしでかすかわかったもんじゃあない。情のある娘でしたからねえ。思いを遂げられずに苦しんでいたんでしょうかねえ。だけども、ほんとうのところは誰にもわかりませんや！」

老人は話にうなずいてほしそうに目をあげたが、アシャーストはそこに誰もいないかのように歩きだし、老人の前をとおりすぎた。

昼食をひろげた場所もとおりこし、丘のてっぺんの人目のない場所まで来ると、彼は俯せに身を横たえた。あのとき高潔な人間として生きる道を選んだアシャーストは、その褒美《ほうび》のような人生を送り、今、愛の女神〝キュプリス〟の罰を受けたのだ！　涙でかすむアシャーストの目の前に、濡《ぬ》れた黒髪に林檎の花を挿したミーガンの顔が浮かんできた。『ぼくが、どんな悪いことをしたというんだ？』彼は思った。『ぼくが何をしたというんだ？』しかし、答えられなかった。ほとばしる情熱と、花と、歌声に満ちた春。アシャーストとミーガンに訪れた春！　あれは、ただ愛の女神が生《い》け贄《にえ》を求めていたのだろうか？　それならば、ギリシア人は正しかった。《ヒッポリュトス》に記された言葉は、今も真実なのだ！

心惑わす愛の神の
黄金の翼、燦然《さんぜん》と輝く。
愛の神の襲いかかるとき、
生ある者はすべて、その力に屈す。
山に波に流れに棲む若き命も
赤く燃ゆる陽を浴び
大地に息づくものも、みな心惑う。
人の子もまたしかり。万物の上にある女神は
キュプリス、キュプリス、汝《なんじ》ただひとり！

ギリシア人は正しかった！　丘を越えて、ぼくをさがしにきたミーガン！　気の毒なかわいらしいミーガン！　林檎の古樹の下で、目を凝らしながらぼくの帰りを待っていたミーガン。ミーガンは逝ってしまった。美しい姿を人の心に残して！

……。

声が聞こえた。

「あら、ここにいらしたのね！　見て」

アシャーストは立ちあがり、妻が差しだしたスケッチを手に取って、無言のままそれを眺めた。「前景はいい感じでしょう、フランク？」

「そうだね」

「でも、何かが足りないわ。そう思わない？」

アシャーストはうなずいた。足りない？　林檎の樹、守《もり》する乙女らの美しき歌声、黄金に輝く林檎の実！

（一九一六）

訳者あとがき

ジョン・ゴールズワージー作 The Apple Tree の全訳、『林檎《りんご》の樹《き》』をおとどけいたします。

舞台はイギリス南部のデヴォン・シャー。林檎の花が咲き誇る春、大学を出たばかりのフランク・アシャーストは、友人とふたりで徒歩旅行に出かけます。でも、その途中、痛めていた脚が言うことを聞かなくなり、やむなく近くの農場に泊まることに。友人は翌日ロンドンに戻りますが、アシャーストは脚の快復を待つしかなく、そのまま農場にとどまります。

そこは街で暮らす彼にとっては別世界。人の暮らしも時間の流れも、まったくちがっていました。そんななかでアシャーストは農場主の姪《めい》である、十七歳の美少女ミーガンに恋心を抱くようになるのです。それは、彼にとって初めての本物の恋でした。一人前の男になったような気になって有頂天になるアシャーストですが、ミーガンは彼に一目《ひとめ》惚《ぼ》れしながらも、身分違いの恋に苦しんでいます。彼のために祈り、「そばにいられるだけでいい」と言う彼女に、アシャーストは結婚しようと迫り、駆け落ちの約束をします。

でも、そのための準備に近くの町に出かけたアシャーストは、学生時代の友人にばったり出会い、魔法が解けたかのように現実に引き戻されて、友人の妹に惹《ひ》かれはじめるのです。それでもミーガンへの気持ちを断ち切れずに思い悩むアシャースト。その心は複雑です。

結局、彼は農場へ戻らないことに決めるのですが、帰らぬ彼を待つミーガンは魂が抜けたようになって、ついには……。

その二十六年後、たまたま思い出の地を訪れたアシャーストの回想という形で、この物語は綴《つづ》られています。

ストーリーは、いたってシンプル。あらすじだけでは、この物語の魅力は半分も伝わらないかもしれません。そこに描かれている人々の心情や美しい自然がなんともすばらしく、この物語を特別なものにしています。ミーガンとアシャーストそれぞれの、大きな喜びと苦悩。そして、それを包みこむ大自然。色とりどりに花が咲き、様々な鳥が鳴き、香りを残して風が吹き抜け、果樹園に月明かりが射《さ》しこみ、さらさらと音をたてて小川が流れ……と、そんななかで、ふたりの思いは募っていくのです。美しい情景が、繊細な想《おも》いが、心に深く染《し》みこんできます。

そして、色彩。「イチイの葉の深い緑とアカスグリの花の薄紅に冴《さ》えざえと映える、孔雀色《くじゃくいろ》の大きな帽子」「淡い薄紅色の蕾《つぼみ》に囲まれて星のように咲いている白い花」「黄金色《こがねいろ》のハリエニシダと羽根のような緑のカラマツ」「赤くて、ほぼ真ん丸の月」「牛たちの黒い影を切り裂くように浮かびあがっている、鎌形《かまがた》の白い角」「眩《まばゆ》いばかりのキンポウゲと金茶色の花をつけたオーク」……これは、ほんの一部。ここまで彩《いろど》り豊かな物語も珍しいのではないでしょうか？　一場面ごとに、その風景が鮮やかに目の前に浮かんできます。

この小説が発表されたのは、一九一六年のこと。邦訳も数多く出ていて、タイトルは『林檎の樹』『リンゴの木』『りんごの木』『りんごの木のしたで』と様々です。また、一九八八年には『サマーストーリー』というタイトルで映画化もされています。映画はストーリーが少しちがっているのですが、監督はピアス・ハガードで、主演はジェームズ・ウィールビーとイモジェン・スタッブス。残念ながら、DVDを手に入れるのはちょっと難しくなっていますが、運がよければユーチューブで断片的に視聴できるようです。美しい海辺の町をさまようミーガンの姿と、距離をおいてあとを追うアシャーストの表情が、たまらなく印象的です。

ページ数は少ないものの、この物語には言葉にできない何かがぎっしり詰まっています。そして、そこに詰まっている何かは、読み手によって受け取り方がちがうよう。多くの方が、『林檎の樹』について書いていますが、その内容は様々です。解説もいろいろですが、この本では、「ゴールズワージーについて、これ以上明快な解説は望めない」ということで、一九五三年の新潮文庫版発行時に安藤一郎氏が書かれた解説を再録させていただきました。

『林檎の樹』の翻訳は、ほんとうに楽しい体験でした。このすばらしい機会を与えてくださった方々に心より感謝しております。そして、訳出にあたってご助力くださったみなさんに、最後にこの場をお借りしてお礼を申しあげたいと思います。

（二〇一七年十一月）

解説

安藤一郎

ジョン・ゴールズワージー（John Galsworthy）は、H・G・ウェルズ、アーノルド・ベネット等と並んで、二十世紀初頭から第一次大戦前後まで、英国の文壇に重きをなした小説家である。

彼は、一八六七年の生れ、この短編の背景になったデボンシャーの旧家の出で、オックスフォード卒業後、父と同じ職業の弁護士の資格を得たが、開業するつもりはなく、しばらく欧州に遊んだりしていた（このとき、まだ船員をしていたジョーゼフ・コンラッドを知り、後年コンラッドが小説家として立つ機縁をつくった）。二十八歳ごろから小説に筆を染め、ジョン・シンジョンという筆名で幾つかの作品を発表したが、あまり世の注目をひくに至らなかった。

その後、作風も円熟し、本名を用いるようになったが、彼の名を急に高めたのは、一九〇六年の小説『物欲の人』（The Man of Property）と、やはり同じ年に発表された戯曲『銀の函《はこ》』（The Silver Box）である。『物欲の人』は、高貴な人間性に盲目な近代資本家を諷《ふう》したもので、これはそれに続く『裁判沙汰《ざた》』（In Chancery）、『貸家』（To Let）と共に、一九二二年に成った『フォーサイト家物語』（The Forsyte Saga）三部作の初編となった。『フォーサイト家物語』は小説家としてのゴールズワージーの地位を確立したが、この成功に勢いを得た彼は、更に『白猿《しろざる》』（The White Monkey）、『銀の匙《さじ》』（The Silver Spoon）、『白鳥の歌』（Swan Scng）の三部から成る続編『現代喜劇』（A Modern Comedy）を書いて、それらになお一巻の短編集を加えて、一九三〇年厖大《ぼうだい》な連作の『フォーサイト家年代記』（The Forsyte Chronicles）を完成した。この大作は、十九世紀から二十世紀にわたる英国ブルジョア階級の社会を克明に写し、彼らの生活態度を批判すると共に、人間の高邁《こうまい》な精神を重んじる、ゴールズワージー自身の確固たる信念を明らかにしたものである。彼の地味ながら辛抱強い努力は、豊富な資料をよく整理して、冷静で周到、どんな細部もおろそかにすることがない、行届いた筆致をもって進められてゆくので、英国の伝統、風俗、習慣にうとい人々には、ときに退屈を覚えさせるほどだが、もし英国を十分に知ったならば、無限の興味を見いだすことができる——そういう意味で、たとえ小説の面白味というものにやや欠けているとしても、近代英国の社会世相史上の立派な文献ともなりうるもので、英国研究には必読の文学作品として、長く残るであろう。

大体ゴールズワージーという作家は、上流階級の教養を身につけ、バランスのとれた知性を持つ、英国の典型的な紳士である。彼の見方は穏和で公平ということに尽きる——だが、当時としてはかなり進歩的な社会改良主義者であり、新劇隆興の風潮に投じて、『銀の函』以後、『争い』(Strife)、『正義』(Justice)、『鳩《はと》』(The Pigeon)、『群衆』(The Mob) 等一九一〇年代の半ばまでに書いた数編の戯曲には、彼の誠実な正義感が強く表われて、人の心に訴えるものを多く含んで、社会問題劇の作者としても、少なからざる貢献をなした。

ゴールズワージーは、一九二九年有功章《オーダー・オブ・メリット》を授けられ、また、一九三二年にはノーベル賞を与えられた。晩年に至るまで執筆を続け、『フォーサイト家年代記』の外編とも言うべき『侍女』(Maid in Waiting)、『花咲く荒野』(Flowering Wilderness)、『河を越えて』(Over the River) の、やはり三部から成る『終章』(End of the Chapter) を、一九三三年死ぬ直前に仕上げた。もっとも、これは『フォーサイト家年代記』に比べると、かなり生彩に乏しく、その価値は遥《はる》かに劣るようである。右に挙げた大作のほか、幾つかの長編、中編、百に余る短編があり、また、エッセイ集『静寂の宿』(The Inn of Tranquillity) は彼を知るに見のがすことのできないものである。

第一次大戦後、英国の社会は急激な動揺と変化に見舞われて、文学の領域でも新しい作家が続々と登場したので、それから今日に至るまで、ゴールズワージーの影は非常に薄れているようにおもわれる——彼の思想も、今から見れば甚《はなは》だ微温的で、元来上流階級に属する人間なので、その視野と想像力に限界があるのは、無理からぬことであろう。彼はしばしば下層の人々を題材に取るが、そういう場合、作者の真摯《しんし》な心構えはよいとしても、作品が妙にそらぞらしく、現実の迫真性を持たない。ただ、そこに流れているのは、一種のセンチメンタリズムに過ぎないということが多いのである。ところが、このセンチメンタリズムは、一見冷静で公平と考えられる彼の思想性を弱める欠点になっていると共に、他方では、作品の抒情《じょじょう》的な美しさを支える長所ともなっていると言うことができる。今日、ゴールズワージーを再検して、彼の作家的資質を見いだすとすれば、むしろ、その抒情的な芸術性を第一に挙げるべきではなかろうか？

ゴールズワージーに一巻の詩集があり、また、『暗い花』（The Dark Flower）や『フォーサイトの小春日和《こはるびより》』（Indian Summer of a Forsyte）といった、きわめて抒情的な作品を書いており、また、数多い短編の中でも、いまわれわれが魅力を感じるのは、主として、抒情的要素の勝ったものである。ここに訳出された『林檎《りんごき》の樹』(The Apple Tree) も、そういう種類に属し、最もすぐれた佳品である。

ゴールズワージーには、『寄集め』(A Motley) ほか二、三冊の短編集があり、それは一部『キャラバン』(Caravan) という短編集に収められたが(一九〇〇年から一九二三年までの作品)、その中に『林檎の樹』も含まれている。彼の短編は、種々あって取材範囲は相当多岐に及んでいるが、『もう一度』(Once More) とか『選択』(The Choice) とか、一種の貧民ものと、『囚人』(The Prisoner) とか『博愛』(Philanthropy) とかのように、社会諷刺《ふうし》を含めたものなども少なくないが、何といっても『サンタ・ルチア』(Santa Lucia) あるいはこの『林檎の樹』のごとく、抒情性の勝ったものが一番楽しく読まれるばかりでなく、ゴールズワージーの、善意にみちた人生に対する愛情を素直に受取ることができるので、われわれの印象に何かを残すようである。

『林檎の樹』は一九一六年の作で、ゴールズワージーの最も油が乗っていた時期の産物であろう。第一次大戦中だが、そういう陰鬱《いんうつ》な時代だから、逆にこういう人生の幸福というものに心が向って、このように明るい幻影を求めていたのかも知れないし、また回顧的な態度が基調になっているのも、そのためであろう。

事実、この物語は、主人公アシャーストの若き日の、ふとした出来心の恋愛を描き、それに思い出の枠《わく》を嵌《は》めて、一編の美しい散文詩にまとめ上げられている。青年の感じやすく、またうつろいやすい心理を微妙に描くと共に、ゴールズワージーとしては少しつくりすぎるくらい、技巧の凝ったものである。背景の田園は、彼のふるさとである風光の美しいデボンシャーで、英国特有の水彩画を思わせるように、デリケートで静謐《せいひつ》である――そこに、ウェールズ出の、うら若い、どこか神秘的で、しかも野性をひそめた、眼《め》もさめるような美少女を配している。

更に、この学生と田舎の少女の間の交情に、冒頭の引用句と最後の結びが示すように、古典文学に対する関連をほのめかして、作者の人生観を出しているのである――ゴールズワージーがここで結びつけようとしているギリシャ悲劇エウリピデスの『ヒッポリュトス』においては、一段高いところで、悲劇の成行きを見守り、人間たちを動かしているのは、愛の神アフロディテの絶対的な力である。そして、アフロディテに帰依《きえ》するフェードラはヒッポリュトスを愛し、一方その愛を斥《しりぞ》けるヒッポリュトスは処女神アルテミスの前にぬかずく。ところで、『林檎の樹』にあっては、同じくアフロディテの愛娘《まなむすめ》と考えられる可憐《かれん》な田舎の少女ミーガンは、脱俗的理想家肌《はだ》の青年アシャーストに思いを寄せるが、そのアシャーストは月の女神ディアーナ（アルテミス）の姿そのままのステラに心をひかれて、ここに悲劇の原因が生じるのである。二つを並べてみる場合『ヒッポリュトス』にあっては、ヒッポリュトスをしてフェードラから斥かしめたものは、純潔を守ろうとする道徳観とも言うべきものだが、『林檎の樹』でミーガンからアシャーストを去らしめたものは、彼の裡《うち》に巣くう階級意識であったのだ。そして、アフロディテに帰依するフェードラを斥けた報いは、当然ヒッポリュトスに降りかかったように、ミーガンの許《もと》を去ってステラに赴いたアシャーストもまた、サイプリアン（アフロディテ）の復讐《ふくしゅう》を免れるわけにゆかなかったのである。

だが、逆に考えて、もしアシャーストがミーガンと結びついたとしても、果してそこに幸福が訪れることになっただろうか？　――都会の青年と田舎の少女の結婚生活は、やがて現実の中でさまざまな障害にぶつかるであろうということは、想像に難くない。そうかといって、近代的な教養を持つ、美しい妻のステラといえども、かつての失われた夢にまだあこがれているアシャーストを決して満足させてはくれないのである。彼は、過ぎ去った日の情熱をおぼろに追いながら、「黄金《こがね》の林檎のなる楽園」

を思いこがれる。結局、「人間という有機体は——人生にそぐわないようにできている」というのが、この一編に含まれた思想である。

古代ギリシャ人は、黄金なすたわわな林檎の樹の楽園を夢みて、彼らの悲しみを癒《い》やしたが、現代の社会に生きる人々には、もはやこのような楽園はあり得ない。濁りのない、真面目《まじめ》な生活を送ろうとすれば、満たされぬ欲望に悩まされ、また、次々と新しい歓楽に身を任せば、必ず飽満と倦怠《けんたい》に苦しむ——そういう近代人の悲哀を、作者はここで語っていると見られる。

もっとも、ゴールズワージーは『林檎の樹』で、そう深刻げに、それを表わしてはいない。前に述べたように、水彩画のような淡さで、美しく花ひらいた林檎の樹の眩《まば》ゆさを描き、花々の影のような哀愁を漂わして、その奥に悲しみの深さを垣間見《かいまみ》せているようにおもわれる。

（一九五三年七月）

本作品中には、今日の観点からみると差別的表現ととられかねない箇所が散見しますが、作品自体のもつ文学性ならびに芸術性に鑑み、原文に忠実に訳しました。

（新潮文庫編集部）

J・オースティン
小山太一訳
自負と偏見
恋心か打算か。幸福な結婚とは何か。十八世紀イギリスを舞台に、永遠のテーマを突き詰めた、息をのむほど愉快な名作、待望の新訳。

E・ファージョン
野口百合子訳
ガラスの靴
妖精の魔法によって、少女は煌めく宝石とドレスをまとい舞踏会へ――。夢のように魅惑的な言葉で紡がれた、永遠のシンデレラ物語。

G・グリーン
上岡伸雄訳
情事の終り
「私」は妬心を秘め、別れた人妻サラを探偵に監視させる。自らを翻弄した女の謎に近づくため――。究極の愛と神の存在を問う傑作。

デュ・モーリア
茅野美ど里訳
レベッカ（上・下）
貴族の若妻を苛む事故死した先妻レベッカの影。だがその本当の死因を知らされて――。ゴシックロマンの金字塔、待望の新訳。

E・ブロンテ
鴻巣友季子訳
嵐が丘
狂恋と復讐、天使と悪鬼――寒風吹きすさぶ荒野を舞台に繰り広げられる、恋愛小説の恐るべき極北。新訳による〝新世紀決定版〟。

C・ブロンテ
大久保康雄訳
ジェーン・エア（上・下）
貧民学校で教育を受けた女家庭教師と、狂女を妻にもつ主人との波瀾に富んだ恋愛を描き、社会的常識に痛烈な憤りをぶつける長編小説。

カポーティ
河野一郎訳

遠い声 遠い部屋

傷つきやすい豊かな感受性をもった少年が、自我を見い出すまでの精神的成長の途上でたどる、さまざまな心の葛藤を描いた処女長編。

カポーティ
大澤薫訳

草の竪琴

幼な児のような老嬢ドリーの家出をめぐる、ファンタスティックでユーモラスな事件の渦中で成長してゆく少年コリンの内面を描く。

カポーティ
川本三郎訳

夜の樹

旅行中に不気味な夫婦と出会った女子大生。人間の孤独や不安を鮮かに捉えた表題作など、お洒落で哀しいショート・ストーリー9編。

P・ギャリコ
古沢安二郎訳

ジェニィ

まっ白な猫に変身したピーター少年は、やさしい雌猫ジェニィとめぐり会った……二匹の猫が肩寄せ合って恋と冒険の旅に出発する。

P・ギャリコ
矢川澄子訳

スノーグース

孤独な男と少女のひそやかな心の交流を描いた表題作等、著者の暖かな眼差しが伝わる珠玉の三篇。大人のための永遠のファンタジー。

P・ギャリコ
矢川澄子訳

雪のひとひら

愛の喜びを覚え、孤独を知り、やがて生の意味を悟るまで——。一人の女性の生涯を、雪の結晶の姿に託して描く美しいファンタジー。

ラディゲ
生島遼一訳
ドルジェル伯の舞踏会
貞淑の誉れ高いドルジェル伯夫人とある青年の間に通い合う慕情――虚偽で固められた社交界の中で苦悶する二人の心理を映し出す。

ラディゲ
新庄嘉章訳
肉体の悪魔
第一次大戦中、戦争のため放縦と無力におちいった青年と人妻との恋愛悲劇を描いて、青春の心理に仮借ない解剖を加えた天才の名作。

A・M・リンドバーグ
吉田健一訳
海からの贈物
現代人の直面する重要な問題を平凡な日常生活の中から取出し、語りかけた対話。極度に合理化された文明社会への静かな批判の書。

ワイルド
福田恆存訳
ドリアン・グレイの肖像
快楽主義者ヘンリー卿の感化で背徳の生活にふける美青年ドリアン。彼の重ねる罪悪はすべて肖像に現われ次第に醜く変っていく……。

ワイルド
西村孝次訳
サロメ・ウィンダミア卿夫人の扇
月の妖しく美しい夜、ユダヤ王ヘロデの王宮に死を賭したサロメの乱舞――怪奇と幻想の「サロメ」等、著者の才能が発揮された戯曲集。

ワイルド
西村孝次訳
幸福な王子
死の悲しみにまさる愛の美しさを高らかに謳いあげた名作「幸福な王子」。大きな人間愛にあふれ、著者独特の諷刺をきかせた作品集。

新潮文庫最新刊

佐伯泰英著
故郷はなきや
新・古着屋総兵衛　第十五巻
越南に着いた交易船団は皇帝への謁見を目指す。江戸では総兵衛暗殺計画の刺客、筑後平十郎を小僧忠吉が巧みに懐柔しようとするが。

吉田修一著
愛に乱暴（上・下）
帰らぬ夫、迫る女の影、唸りを上げる×××。予測を裏切る結末に呆然、感涙。不倫騒動に巻き込まれた主婦桃子の闘争と冒険の物語。

安東能明著
総力捜査
捜査二課から来た凄腕警部・上河内を加えた綾瀬署は一丸となり、武闘派暴力団と対決する――。警察小説の醍醐味満載の、全五作。

あさのあつこ著
ゆらやみ
どんな客に抱かれても、私の男はあの人ただ一人――。幕末の石見銀山。美貌の女郎と銀掘が落ちた宿命の恋を描く長編時代小説。

森　美樹著
主婦病
R-18文学賞読者賞受賞
新聞の悩み相談の回答をきっかけに、美津子は夫に内緒で、ある〈仕事〉を始めた――。生きることの孤独と光を描ききる全6編。

高殿　円著
ポスドク！
月収10万の俺が父親代行!?　ブラックな日常でも未来を諦めないポスドク、貴宣の奮闘を描く、笑って泣けるアカデミックコメディー。

新潮文庫最新刊

雪乃紗衣著

レアリアⅢ
—運命の石—
(前篇・後篇)

白の妃の罠により行方不明となる皇子アリル。傷つき、戸惑う中で、彼を探すミレディア。策謀蠢く中、皇帝選の披露目の日が到来する。

田牧大和著

八《や》万《ま》遠《と》

建国から千年、平穏な国・八万遠に血の臭いが立つ——。野望を燃やす革命児と、神の山を望む信仰者。流転の偽史ファンタジー!!

大江健三郎・古井由吉著

文学の淵を渡る

私たちは、何を読みどう書いてきたか。半世紀を超えて小説の最前線を走り続けてきたふたりの作家が語る、文学の過去・現在・未来。

井上ひさし著

新版 國語元年

十種もの方言が飛び交う南郷家の当主・清之輔が「全国統一話し言葉」制定に励む! 幾度も舞台化され、なお色褪せぬ傑作喜劇。

池波正太郎・国枝史郎・吉川英治・菊池寛・松本清張・芥川龍之介著

英傑
—西郷隆盛アンソロジー—

維新最大の偉人に魅了された文豪達。青年期から西南戦争、没後の伝説まで、幾多の謎に包まれたその生涯を旅する圧巻の傑作集。

原口泉著

西郷隆盛はどう語られてきたか

維新の三傑にして賊軍の首魁、軍略家にして温情の人、思想家にして詩人。いったい西郷とは何者か。数多の西郷論を総ざらいする。

新潮文庫最新刊

黒川伊保子著
成熟脳
―脳の本番は56歳から始まる―
もの忘れは「老化」ではなく「進化」だった。なんと、56歳は脳の完成期！――感性とＡＩの研究者がつむぎ出す、脳科学エッセイ。

岡田尊司著
人間アレルギー
―なぜ「あの人」を嫌いになるのか―
付き合えば付き合うほど、相手が嫌いになる。そんな心理的葛藤状態を克服し、良好な人間関係を構築するにはどうしたらよいのか？

ゴールズワージー
法村里絵訳
林檎の樹
ロンドンの学生アシャーストは、旅行中出会った農場の美少女に心を奪われる。恋の陶酔と青春の残酷さを描くラブストーリーの古典。

中里京子訳
チャップリン自伝
―栄光と波瀾の日々―
アメリカン・ドリームを体現した放浪紳士は華麗な社交生活を送るが、戦後「赤狩り」で米国を追放される。喜劇王の数奇な人生！

宮部みゆき著
悲嘆の門（上・中・下）
サイバー・パトロール会社「クマー」で働く三島孝太郎は、切断魔による猟奇殺人の調査を始めるが……。物語の根源を問う傑作長編。

畠中恵著
なりたい
若だんな、実は○○になりたかった!?　変わることを強く願う者たちが巻き起こす五つの騒動を描いた、大人気シリーズ第14弾。

Title : THE APPLE TREE
Author : John Galsworthy

林《りん》檎《ご》の樹《き》

新潮文庫　コ - 1 - 1

Published 2018 in Japan
by Shinchosha Company

平成三十年一月一日発行

訳者　法《のり》村《むら》里《り》絵《え》

発行者　佐藤隆信

発行所　株式会社　新潮社

郵便番号　一六二―八七一一
東京都新宿区矢来町七一
電話　編集部(〇三)三二六六―五四四〇
読者係(〇三)三二六六―五一一一
http://www.shinchosha.co.jp

価格はカバーに表示してあります。

乱丁・落丁本は、ご面倒ですが小社読者係宛ご送付ください。送料小社負担にてお取替えいたします。

印刷・三晃印刷株式会社　製本・株式会社植木製本所

ISBN978-4-10-208803-6 C0197